Hero of the Rebellion
反逆の勇者
～テンプレクソ異世界召喚と
日本逆転送～
GCN文庫

流石は、勇者様ですわ。とても素敵な考えです！
ワタクシ、感動しましたわ！

やっぱり異世界人というのはケダモノらしいわね。
オークやゴブリンと同じ存在ですわ！

反逆の勇者
～テンプレクソ異世界召喚と日本逆転送～

著：川崎 悠
イラスト：橘 由宇

GCN文庫

Contents

Hero of the Rebellion

勇者の魂に救済はあるのか

1話　テンプレクソ異世界召喚

——うわ、ヤバい所に来た。

初めにそう思った。

俺が置かれた状況の説明を簡潔にしよう。

俺、篠原《しのはら》シンタ（17歳）は異世界に召喚された。

召喚したのは王政の国の王女様で、魔王とやらを倒す為に行ったらしい。

そんな俺は、勇者と呼ばれる存在なんだと。

ここまでテンプレだ。

異世界に召喚された俺に与えられていた、勇者の力がある。

それは、この世界で勇者だけが獲得できると言われる『スキル』。

勇者のスキルは全部で十個あるらしいが、召喚された時点では三つしか与えられておらず、生活や冒険によって残りの七つが随時、手に入るらしい。

そこは今はどうでもいい。

俺に与えられた最初のスキルは以下の三つ。

【人物紹介】

【完全カウンター】

【異世界転送術】

色々とツッコみたいスキルが二つある。

まず一つ目。鑑定とかじゃないのかよ。

そして二つ目を飛ばして、三つ目。

……これ、日本に帰れるんじゃね？

ご多分に漏れず、この異世界にはステータスを見られる魔法がデフォルトで存在した。

ただ、自身のステータスは見れるのだが、ＨＰだとか攻撃力だとかレベルだとか、そういったパラメータ要素が無いな。

本当に現在のステータスを文字で表示してくれる魔法という感じ。

現実だとこんなものなんだろうか？　ＨＰとか現実であったら逆に困るしな。

ついでに触れれば『勇者』といったジョブ名も別に表示されてはいない。

状態異常とかも今は無いだけか？

風邪引いたりしたら自己管理しろよ的なデフォルト魔法。要るの、それ？

よく分からないな、このステータスの存在意義。

……脱線した。

ひとまずステータスについては置いておいて、スキルの問題点を挙げていこう。

一つ目のスキル【人物紹介】。

鑑定スキルの人限定版だろうと思い、無遠慮に俺を召喚した王女様を見た。何、流石に向こうも了承済みだろ、この手のは。

鑑定系スキルを勇者が持っている。そして目の前には勇者であるらしい俺を召喚した王女様。

そりゃ真っ先にスキルを使ってみる対象になるだろう。なにせテンプレだ。

スキルという名称らしいが実際は超能力だろ？

やってみよう、うん。状況には困惑しつつもちょっとワクワクしている俺。

――第一スキル【人物紹介】を発動！　うおおおっ！　超・能・力！

◆アリシア＝フェルト＝クスラ
性別：女
年齢：17歳

プロフィール‥

『クスラ王家の第二王女。亜人・獣人などの差別派。人族のみを人間と考えている人物。また、異世界人を同じ人間とは認めていない為、異世界人は亜人や獣人と同類の汚らわしい存在だと看做《みな》している。召喚した勇者の事は使い捨ての兵器と考えている。また加虐趣味を持ち合わせており、亜人・獣人・異世界人が苦しむ姿を好む。異世界人を不幸の底に陥れる事を、不本意な異世界召喚の儀式の慰みにしようと考えている』

……はい、クソ女確定。ふざけてるのか？　人を誘拐しておいて。

しかし、今これを指摘するのは得策ではない。

何せ、召喚された俺を現在、中世騎士のような武装をした連中が取り囲んでいるからだ。

ざっと騎士達に【人物紹介】スキルを使ってみるが全員、この王女と似たような考えらしい。

ここに居るのは、どうも危険なようだな。

「あの、王女様。俺、帰れるんですか？　出来れば元の世界に帰りたいんですけど」

「申し訳ありません。勇者様が元の世界に帰る為には、魔王を倒していただくしかありませんの……」

「絶対に?」

「はい。【勇者召喚】の儀式とは、そういうものなのですわ」

ホントかよ。一応、三つ目のスキルを使って確認してみるか。

――第三スキル【異世界転送術】を使用。ターゲットは俺自身。使い方は、こういう感じか? すると。

――【使用制限】現在、対象人物は異世界転送に対するロックが掛かっています。ロックを外してからご使用ください。

なんてシステムメッセージがご丁寧にステータスに表示された。

どこからのメッセージなの、この文章は? どういう仕組み? 一般人もこの謎のメッセージと付き合っていくのか?

で、ロックが掛かっている、ねぇ?

これが『魔王を倒さなければいけない』って事か?

まだ分からないな。嘘くさい。当面はロック解除を目的にしたら良いのか。
次はターゲットを王女アリシアに向けてみる。
すると、色々と転送に関する設定項目が出てきた。

◆【異世界転送術】
【装備指定】現在の衣服
【持ち物指定】現在、手にしている物
【場所指定】日本・都市部
【言語指定】日本語
【目的指定】なし
【禁則事項指定】なし

……色々と転送に関して指定できるらしいな。
これ、俺じゃなくて王女だったら日本に送れるんだろうか。
王女を送っても仕方ないのだけど。
というか、こんなクソ王女を送り届けても日本が迷惑だ。

装備指定を『装備なし』にしたら、王女は全裸で日本のどこかに転送されるのか？　王女らしく見た目だけなら綺麗なんだけど。

金髪で清楚系、白い肌。いかにもな絶世の美女。ふむ。もしも彼女が直接自分へ牙を剥いてきたのならば、やってみるとしよう。というか、目的指定って何？

「突然の事ですので、ワタクシの言葉を受け入れるにも時間が掛かる事でしょう。まずは落ち着いた場所に移動していただきたいと思いますわ」

そう言いつつ、立てとばかりに促してくる。

いや、表面上は普通の対応、なのか？

あ、そもそも、この【人物紹介】スキルで表示されてる情報って正しいんだろうか？

危ない危ない。そこを疑わずに勝手に王女をクソ女判定してしまっていた。

今のところは物腰も柔らかい王女だ。悪い人ではないかもしれない。

だって綺麗だし。いや、人を見た目で判断してはいけないよな……。

◇◆◇

俺は、そこそこ広い客間のような場所に通された。

クッション付きのソファなども複数あって休む分には問題無い。

まだ外は確認できていないな。ここは王城って奴なのだろうか？

召喚の間はどうも地下にあった感じがするけど。

「侍女や騎士を残していきますわ。落ち着かれるまで、しばらく掛かるかと思いますので……何かあれば侍女や騎士たちにお申し付けください、勇者様」

「あの、王女様はどちらへ？」

「ワタクシは、父や母に【勇者召喚】の儀式が成功した事を報告して参りますわ。その後でまた戻って参ります。そこで改めて勇者様を父や母に紹介したいと思いますわ」

「そうですか」

というか、こいつら、一方的に説明するのは良いけど、俺の名前聞いてこないな。

名前なんてどうでもいいとか思ってる可能性があるぞ。うーん……。

とにかくアリシア王女が去った後、部屋に何人か残った騎士や侍女に目を向け、【人物紹介】スキルを使ってみる。

◆ローラン＝イゴール
性別：男

年齢：24歳
プロフィール：
『王侯騎士団の一人。有望な若手。人族主義の人間。異世界人は大きな力を持つ人間の姿をしたバケモノだと教えられている』
◆ハリル＝トラン
性別：女
年齢：28歳
プロフィール：
『王女アリシアが従えている侍女の一人。人族主義の人間。異世界人の世話を命じられているが、内心では嫌がっている』

……最悪な情報しか出て来ないぞ、おい。
スキルのバグだと思いたいが、そうもいかないよな。
とりあえず、今は自分のスキルについて把握しよう。
現在、俺が頼りに出来るのは、このスキル群だけだと言っていい。
改めて自身のステータスにしっかりと目を通した。

◆第一スキル【人物紹介】
・指定した対象人物の情報を取得する。
・情報は、スキル使用者に関係する事柄が優先的に表示される。
・プロフィールは随時変更される場合がある。
・〝人〟と分類される種族しか対象に出来ない。

◆第二スキル【完全カウンター】
・スキル使用者に対する如何なる攻撃も、全てを攻撃者に反射する。

◆第三スキル【異世界転送術】
・指定した対象人物を【異世界】に転送する事が出来る。
・また転送の際、細かい条件付けをする事が可能。
・転送した人物は、再び呼び戻す事が出来る。
・指定した目的を達成すれば、対象人物は戻ってくる。

「ふむ……」

第一スキルは使った通り。第二スキルは、これ無敵って事か？

……いや、落とし穴がありそうだ。

単純な攻撃だけならともかく、攻撃と判定されない事とか色々とありそうだしな。

で、問題の第三スキル。

俺自身は日本に帰れないけど、他の人物だったら日本に送り飛ばせるって事だ。

いや、ロックさえ解除できれば、俺は自力で日本に帰れるようになる。

勇者の基本仕様なのだろうか？　分からないが……。

色々と聞いてみたいのだが【人物紹介】に出て来るプロフィール文が、悉《ことごと》く不穏過ぎて聞くに聞けない。

今の時点では沈黙しておくとしよう。頼れそうな人と出会えたら、その人に頼る方針で。

勇者というが『魔王を倒す』目的に活かせそうな力は第二スキルだけに見える。

それもカウンター系スキル。

無双は無理って事か。いや、あと七つ覚えるんだったな。

それについても教えて欲しいのだが。

悶々としつつも大人しくしていると、王様達の準備が出来たらしく、俺は謁見の間へと移動する事になった。
やはり現在地は王城だったらしい。
テンプレ感が漂う謁見の間へと通され、王様の前に連れていかれる。
さて、たぶん、跪《ひざまず》かなきゃいけない流れだろうから、先に見てみよう。

◆ラストア＝フェルト＝クスラ
性別：男
年齢：50歳
プロフィール：
『クスラ王国の国王。至って凡庸な王族。勇者は政治の道具と考えている。国政上、亜人や獣人には厳しい。異世界人を殊更、嫌悪してはいないが、好んでいるワケでもない』

……なんか、先にアリシア王女のプロフィールを見た分、マシに見えるな。王女から逃げさえすれば問題無いんだろうか。その王女が王様の横に立ち控えているので、警戒せざるをえないのだが。
「勇者よ。ワシが、この国の王、ラストア＝フェルト＝クスラである。まずは此度の召喚に応じてくれた事、感謝しよう」

「はぁ……」

召喚に応じた記憶は無い。勝手に呼び出されただけだ。分かっていて言っているのか？　いや、こういう場合、過去に召喚された勇者がノリノリだった可能性があるな。

「そなたには魔王を倒す役目を担って貰う事になる」

「はい」

「しかし、今すぐに旅立てというワケにはいかぬ」

「はい？」

「召喚された勇者は、スキルという力を持つと聞くが、召喚された段階では、全てのスキルを持つワケではない。その自覚はあるな？」

「あ、はい。それは召喚された際、王女様にお聞きしました」

「ふむ」

王様は大仰に頷いてみせる。

「まずは三ヶ月。それをそなたの訓練期間とする」

「訓練期間、ですか」

「そうだ。勇者といえど、戦いに不慣れでは弱い魔物にすら劣ろう。訓練を担当する騎士を付けるが故、旅立つ前に三ヶ月、精進するが良い」

「はぁ……」

当たり前のように兵役を課しているが……福利厚生どうなってるのか。これ、聞いた方が良いんだろうかね。王様が一旦、話を区切り、間を空ける。質問タイムか？

こちらの礼儀が分からないが、一応、挙手をしてから、お伺いを立てる。

「王様。いくつか問いたい事がございます。許可していただけるでしょうか？」

「うむ。良かろう。申してみるが良い」

「はっ、感謝致します。まず、私の役目は『魔王を倒す事』と理解いたしました。次に必要な訓練を受ける事。それも理解いたしました。では、魔王を倒すにあたり……どういった待遇が受けられるでしょうか？」

「待遇、とな」

「はい。つまり……この世界での常識についてなどは測りかねますが……剣や槍といった武器類、また鎧などといった防具類、魔王討伐に向かう旅路での衣食住などに関する必要経費……。そういった面での王国のサポートは受けられるのでしょうか？　それとも、そういった部分は自分で調達するのでしょうか？」

王道ロールプレイングだと、ひのきの棒と端金《はしたがね》だけ渡されて放り出されるものだ。ゲームなら装備やレベルを底上げしていくのは楽しみの一つだが、現実でそれは流石に『ふざけるな』と言いたくなる。

「ふむ。そういった面の支援は勿論、我が国でしよう。しかし装備類に関しては、やがては、そなたが倒した魔物や、手に入れた物資を元に新たに作る方が良い物が出来る事であろう」

「そう……ですか？」

ゲーム的には分かるが……そこら辺、王様が把握してるのは、どういった理屈だ。だめだ、色々と気になるな。王女や兵士達のプロフィールさえまともであったら、普通にテンションが上がるんだが。

「質問はそれだけか？」

「……疑問は多々ありますが……王の手を取らせてまで質問する事ではないかと考えます。できれば、この世界の常識などをご教示くださる相談役などを付けていただけますよう、お願い申し上げます」

「ふむ。よかろう」

とりあえず、無礼者、即殺してやる、という感じではなさそうか。

「では、勇者には王城に部屋を用意する。明日より、さっそく訓練に励むように！」

「ハッ！」

しかし、なんだこれ。魔王退治に同意なんてする気はまるで無いのだが。

2話　寝ている王女を日本へ逆転送する

王城に用意された部屋は、まぁ、割と良い部屋だと思った。

明日から訓練の時間になれば、訓練場に駆り出されるらしい。

日本へ……今すぐ帰りたい理由がそれ程あるわけではない。

ただ、あまりにも【人物紹介】スキルに表示される文が不穏なのだ。

なので当面の俺の目的としては、いつでも日本へ帰れるように、スキルのロックとやらの解除方法を探す事になる。

「あの王女。俺を不幸の底に陥れるのを慰みにしようとしてるとか、プロフィールに書いてあったな」

どうしたものか。やられる前にやってやれ、と言いたいが。

いや、あの王女はまだ何もしていないけど。

いやいや、既に異世界に勝手に召喚はされたけどさ。

「うーん……」

【異世界転送術】……やはり、このスキルが俺の生命線だろう。
異世界を楽しむにしたって、それは楽しい異世界である事が前提だ。
勇者と持《も》て囃《はや》されるだけならいいが、その裏に悪意があるのは勘弁である。
具体的に言えば、さっさと帰れるなら帰りたい。
……帰っても、それほど楽しい生活が待っているワケじゃあなかったけれど。
虎の子である【異世界転送術】をもう一度確かめる為に使用段階に移した。
「あれ？」

◆【異世界転送術】
【ターゲット】アリシア＝フェルト＝クスラ

スキルのターゲット指定が、あの王女になったたままだった。
一度ターゲットにしたら外れないのだろうか？
いや、その後、別人をターゲットにしていないから、そのままなのか。
距離が離れていないから、そのままなのか。
今、このスキルを使用しても犯人が俺だとはバレないのでは？

ていうか、スキルについても何も聞かれなかったな。

そういう所は調べないのだろうか？

或いは、なんらかの方法で筒抜けなのか。

……それだったら【人物紹介】なんてスキルがあるから、もっと警戒されていそうなものだ。

少なくとも王女の思惑については、こちらに筒抜けになったのだから。

うーん？　いや、勇者を使い捨ての兵器と考えているんだったな。

となると、魔王と戦う必要があるのは真実という事だろう。

じゃあ、魔王と戦う前に不幸の底になんて落としても彼女にとっては意味が無いという事になる。

その魔王って何だよ、とは思うが。

色々と調べなくてはいけない。

色々とこの世界について知らなくてはいけないが……まず、目の前のスキルだ。

スキルは使ってみなければ話にならないだろう。

なにせ、勇者に与えられるスキルは全部で十個しかないのだから。

その内の一つをいつまでも封印しているワケにもいくまい。

なら、この【異世界転送術】も俺は使いこなさなくてはならない。
この世界から逃げるにせよ、魔王に挑むにせよ、だ。
しかし問題は、今はこのスキルが対象を他人にしか設定できないこと。
つまり、スキルを試すには誰かを実験台にするより他にないのだ。
だから、どの道、誰かこの世界の人間を日本に送りつけなければならない。
じゃあ、誰を？
「俺を勝手に異世界に召喚した、張本人以外にいないだろ」
スキルの実験対象は決まったな。アリシア王女だ。
うん。やると決まったからには、実際にスキルの詳細を改めて見てみよう。

◆【異世界転送術】
【ターゲット】アリシア＝フェルト＝クスラ
【装備指定】現在の衣服
【持ち物指定】現在、手にしている物
【場所指定】日本・都市部
【言語指定】日本語

【目的指定】なし
【禁則事項指定】なし
※スキル説明
・指定した対象人物を【異世界】に転送する事が出来る。
・また転送の際、細かい条件付けをする事が可能。
・転送した人物は、再び呼び戻す事が出来る。
・指定した目的を達成すれば、対象人物は戻ってくる。

転送の際の条件付けは細かく指定する事が可能なので、今回は細かく設定してみるか。

転送するターゲットは王女アリシア。

今のところ、召喚以外は俺に何かしたワケではないが、【人物紹介】がかなりキナ臭い人物である。

まずは装備指定。

……最初に考えたが、装備なしにすると全裸になるのだろうか？

俺は、空中に浮かぶステータス画面に触れてみる。

ちなみに、このステータス画面は他人には見えないらしい。これもテンプレだな。

まぁ、全員のステータスが見えてたら邪魔だよな、どう考えても。

【装備指定】現在の衣服

現在の衣服という部分を変えられるか……変えられるな。

お？　いくつか項目がある。

↓・現在の衣服

・現地に相応《ふさわ》しい服装

・装備なし

・細かい指定

ふむ。まず、現在の衣服については、そのままだろう。

次に現地に相応しい服装。これは自動指定って感じだろうな。

勝手に現地に服装を合わせてくれると。

装備なしも、やはりあるんだな。正直、一番試してみたい。

アリシア王女は、顔だけは可愛らしかった。内面は知らん。

細かい指定は……んっ。文字で指定できるのか。

つまり何でも着せられるって事か？

それこそチートな気がするのだが……。

伝説の鎧とか装備させて戻ってこさせて回収とか出来るんじゃないのか、これ？

かなり二度手間感はあるが、頭の片隅に置いておこう。

ていうか、何でも着せられるなら、エロい格好とかにも出来るな。

あ、でも俺は、それを見れないのか。じゃあ、あまり意味が無いな。

こらしめるつもりでも、向こうに送られた後とか分からないし。

ひとまず現在の衣服のままにしておくか。次だ。

【持ち物指定】現在、手にしている物
昼？　は、王女は杖を手にしていた。高そうな杖だ。勇者召喚の儀式か何かに使ったのだろう。

「項目は……と」

↓・現在、手にしている物
・なし
・細かい指定
「持ち物なしか、細かく何でも指定できるって事だな」

というか、送りつける分にはチートだな。

日本側から、このスキルで異世界に送りつけられたなら、伝説の武器に伝説の鎧で身を固めた奴を送りつけてるぞ。

現状でも、誰か一人を協力者に出来れば、装備も物資も手に入れ放題の可能性がある。

【人物紹介】が不穏でさえなければ、そういった事が気兼ねなく出来て良かったのだが。

【場所指定】日本・都市部

↓日本・都市部

・細かい指定

場所の指定は、なしというワケにはいかないらしい。細かい指定も可能なら、アメリカとか外国にも送れるのか。

現状その意味は無いが。細かい指定は住所とか？　うーん。廃墟とか、誰も居ない部屋指定とか、そういうのも出来るんだろうか？

やってみたところで、王女は協力者にはなりそうもないので分からないよな。

一応、誰も居ない部屋を指定しておくか。見つかれば騒ぎになるのは明白だが、一応な。

【言語指定】日本語

↓・日本語

・異世界言語
・細かい指定
「これ、指定を適当にしたら向こうで会話できなくなるんだろうな……」
今現在、俺は異世界の人々と言葉が通じている。
……ただ、俺は日本語を話していないようなのだ。
まったく、おかしな話だが、まぁ、異世界で言語が通じるのもテンプレだよな。
とりあえず、これは日本語でいいだろ。
【目的指定】なし
↓・なし
・細かい指定
「ん？」

これだけ何か項目に注釈事項がある。
※メッセージボードにメッセージを残せば、対象がステータスで確認できる。
「ほう」

目的指定、というだけあって、これは対象がその目的を認識しないとダメという事か。

こっちの人間はステータス画面を確認するのが当たり前らしいしな。嫌でも気付くと。

いや、指定した目的を書くのは絶対じゃないのか。

しかし、メッセージボードって……。

ああ、細かい指定と同様に文字を打てるのか。

声や、考えるだけでも文字に……あ、でも難しいな。

これは手打ちの方が楽だ。キーボードって、どこの世界も似たような形式なんだろうか。

或いは、これは俺個人の感覚に合わせた仕様だったり？

しかし、王女への目的指定、ねー……。

大事にしない為には王女を仮に日本へ逆転送したところで、無事に帰ってこさせるのがベストだろう。

プロフィールこそ不穏だが今のところは問題を起こしたワケじゃないし。

「ここは制限時間を指定しておけば、王女がどう行動しても帰って来るか」

とはいえ、王女本人の姿が今ここに無いので、結局は実験結果が分からないんだよな。

ちなみに【禁則事項指定】も【目的指定】と同様……ん？　こっちにも注釈がある。
※禁則事項を破った場合のペナルティーの指定、および通達
なるほど。禁則事項は強制的に出来なくなるというより、本人に守らせる感じなのか。

そして、それを目的指定同様にメッセージボードで通達できる、と。

「ここまで出来ると、逆・異世界デスゲームが開催できるな」

ぶっちゃけ何でもアリに近い。だが俺自身が対象ではない為、かなり意味が無い。

チートなのか何なのか、よく分からんスキルとしか言いようが無いぞ。

魔王にでも使うのか？　いや、自分自身が日本に帰る時の為のスキルなのだろうか。

で、だ。

◆【異世界転送術】
【ターゲット】アリシア＝フェルト＝クスラ
【装備指定】現在の衣服
【持ち物指定】現在、手にしている物
【場所指定】日本・都市部・誰も居ない家・誰も居ない部屋・防音設備の整った部屋
【言語指定】日本語
【目的指定】日本で五分間過ごす
【禁則事項指定】なし

ヌルい設定だ。もう少し遊び心が欲しいが、まぁ仕方ない。

いざ、スキル使用……と意識したところ、ステータス画面に変化が起きた。

「え、モニター?」

ステータスの端に〝動画〟が展開された。

スマホ操作みたいに、その画面を拡大してみる。

「王女様……?」

その動画はアリシア王女の姿を映していた。

◇◆◇

「……で、アレは大人しくしているの?」

「はい。現在、用意された部屋で過ごしています。特に兵士にも侍女にも接触せず、ただ部屋で過ごしている様子ですね」

「そう。明日からのアレの訓練は任せるわね」

「ええ。根性なしな所を見せたら、叩きのめして見せますよ」

「方針は任せますわ。使えるようにはしておいてちょうだい。何せ異世界人はバケモノに育つらしいから。魔国の魔王を倒すまで有効利用しないといけないわ」

「はい、お任せください。……三ヶ月後には王女も一緒に旅立つんでしたよね？」

「……ええ。勇者は外交のカード。聖国の聖女を抱き込むのにも必要だから、ワタクシが直接出向かなければ話にならないのよ」

……これは、今現在の王女の映像だろうか。

録画って事はないよな、流石に。

向こうからは、こちらの様子は見えていないのか？

アレか？　転送する前にターゲットの様子を見計らって転送できるって事か？　まぁ、大事かもしれないが……何の為のスキルなんだ、これ。いや、現在進行形で役には立っているのだが。

まさか、盗聴どころか盗撮・監視としても使えるスキルだったとは。

しかもステータス画面に映されている映像だから俺にしか見えない。

更に言えば、音声も普通に聞こえるというより頭に直接聞こえてくる感じがする。

この音声もまた俺にしか聞こえないのだろう。おそらくだが。

声量は王女寄りに聞こえ、話している相手の男性の声は少し遠い。

しかし王女の性格は、やはり【人物紹介】が示す通りのようだ。とはいえ、勇者は外交のカードとか、とにかく利用すべき物として認識しているだけ、か。

人情もへったくれもないが、そもそも異世界召喚自体、それが人の意志によるものなら、最初からこっちの都合なんてお構いなしって事だしなぁ……そんなものだろうか。

少なくとも俺は召喚に同意なんてしていない。

この異世界召喚は拉致・誘拐からの兵役強制だ。

「ケダモノと何ヶ月も共に行く旅だなんて想像するだけで反吐《へど》が出るけど……」

おっと、王女らしからぬ発言いただきました。

「せいぜい、ワタクシの手の平の上で踊っていただきますわ。そして、魔王を倒した暁には……」

暁には？　綺麗な顔のお陰で笑顔は良いが、雰囲気だけは、ひたすら不穏だぞ。

そのまましばらく観察していたが、いくらかの事務的なやり取りをした後、騎士風の男は王女の部屋から去っていった。

「……ふむ」

この世界には魔国と聖国という国があって、それぞれ魔王と聖女とやらが居るらしい。

まんまだな。そいつらや、国がどういうものかが今の所は不明だけれど……。

第一スキル【人物紹介】の情報は当てにしても良さそうだ。

つまり、あの王女は用済みになった俺を不幸にする計画を練っているクソ王女様である。

第三スキルの【異世界転送術】について詳細は知られない方が良いな。

明らかに敵だろ、あの女。

その女を一方的に監視も出来るスキルだ。いざとなったら日本に飛ばして目の前から消してしまえる。

切り札と言えるだろう。

なら、俺があの王女を異世界転送できるだとか知られない方がいい。

だが同時に、実際にそれが出来るかの検証は必要不可欠だ。

相手に知られずに異世界転送が叶ったかどうか確かめる。

……王女をこのまま監視して、彼女が寝静まった後に検証。そして、起きる前に元に戻す、が出来る事か？　いや、何も今日中に確かめる事ではないかもしれないが……。

いや、状況的に見て、アリシア王女も今日は疲れているだろう。

色々と仕事が立て込んでいて、勇者召喚の儀式も一応成功。

疲れと気の緩みを感じている筈だ。

俺に対する嫌悪はあれ、まだ警戒はしていないように見える。

つまり、アリシア王女は今日こそが最高に油断しているんだ。

ならばスキル検証は今日を措いて他には無い。

タイミングを見計らうとしよう。

なに、こっちには一方的に監視できるスキルがある。

……勇者のスキルに対する対策とか、この国には無いのだろうか？

このままだと王女を永久にこの国から消す事も出来るのだが。

「うーん……」

考えてみれば、そういう事なのか、このスキルって。

異世界召喚に対して異世界転送。俺は、日本からこちらに召喚された。

日本に帰る術は今のところ、魔王を倒す事しかないらしい。

戦闘なんて経験の無い俺にとっては、はっきり言って茨の道だ。

これは見ようによっては日本に居た俺を『消した』とも言える。

即死魔法みたいなものじゃないか。実際は、生きていたとしてもだ。

俺は現実、今、日本からは消されてしまったのだから。

ある意味で究極の攻撃魔法みたいなものだ。

とはいえ、この段階で王女が消えたなんて事になったら、真っ先に俺が疑われるのは間違いない。スキルについても隠し通せるか不明だしな。……相手に見破れる力があったら危ないが、何かしら嘘のスキルを考えておこう。うん、そうしよう。

――コン、コン。

と、そこで部屋のドアがノックされたので、意識が現実に戻る。

「勇者様、お食事をお持ちしました」

「あ、はい。ありがとうございます！」

俺はドアを開けて、有難く食事を受け取った。

勇者を招いて晩餐会とかする気は無いらしい。

いや、やるとしても今日は無い、か？

まだ、この国の立ち位置が不明だな。

ちなみに食事を持ってきたメイドらしき女性も、異世界人の事は良く思ってないらしかった。なんだかな……。

◇◆◇

特に異世界の食事というものに感動する事もなく、俺は王女の監視を続けた。

といっても、王女の方の動きはあまり無い。

書類仕事が溜まっているらしいな。
転送術の方の設定は、少しだけ弄っておいた。

◆【異世界転送術】
【ターゲット】アリシア＝フェルト＝クスラ
【装備指定】なし
【持ち物指定】なし
【場所指定】日本・誰も居ない家・誰も居ない部屋・防音設備の整った部屋・他人が簡単に覗けない部屋・人が過ごしても即死しない部屋
【言語指定】日本語
【目的指定】日本で三分間過ごす
【禁則事項指定】なし

場所指定は、かなり細かい指定をしてみた。
あと装備と持ち物はなしだ。
本性が見えたので、ちょっと容赦はなくなった。それと興味本位。

監視がこのまま出来るなら、得するかもしれないし。

まぁ、今のところ、思っているだけで俺を不幸の底に落としたワケではないが……いや、拉致と兵役強制はアウトだろ。

王女ひとりの責任かは、かなり怪しいが、主犯は王女だし。

ただ、時間だけは短くしておいた。

王女が寝ている間に実験するつもりなのだ。気付かれないまま、事が終わるのがベストだと判断しておく。

……やがて、王女が着替え始めた。おお、ネグリジェって奴じゃないか？

ていうか、生着替えの盗撮だ。

本性がアレっぽくなければ、罪悪感で画面を閉じてしまいそうだな。

……ケダモノ扱いは正当かもしれないな。

まぁ、いいさ。拉致の代償とでも思って貰おう。

こっちは興味もあるが生死に関わる。もう少し真剣にやるか。

といいつつ、一国の王女、美少女と思える女の生着替えを一方的に堪能する。

これけっこう長時間、監視に使っているけど、体力とか魔力？　とか削られないんだろうか？　或いはＳＰとか……。実際に転送すると何かを削られるかもしれない。

倒れたりしたら嫌だな。俺も横になっておこう。
ベッドで横になりつつ、王女が寝入るまで監視を続けた。
やがて規則正しい寝息が聞こえてくる。
……よし！
——第三スキル【異世界転送術】、発動！
すると、王女の姿を映した画面の中に薄っすらと光る魔法陣が現れた。
王女は、その光に気付かない。
そして魔法陣が現れたと思ったら……おお!?
一瞬で……王女の衣服が全て消えた。
やはり装備指定なしだと全裸になるのか。
というか寝ていたベッドも視界から消えた。
今、王女は明らかに自室とは違う場所に全裸で転送された。
一応、目覚める気配は無い。
え？　てことは……この映像の先、日本なのか？
誰にも気付かれない為、誰かに迷惑掛けない為とか考えて細かく指定したが……。
何となく、どこかのワンルームの中といった感じがする。

ていうか、転送後も対象の映像を見続けられるのかよ！

このスキル、ターゲットの人生、思うままに出来るみたいなものじゃないのか。

しかも特別に条件があったような感じはしない。

一度、ターゲットとして捕捉した。それだけだ。

たったそれだけで、異世界に飛ばす事も出来るとか……。

猛獣の群れの中とかに全裸で放り込めば、対象を簡単に殺せるだろ。

ああ、いや、細かい指定があるしな。

戦闘中にこれをやれってのは、かなり厳しいか。

しかも対人限定スキルだ。

魔王が人判定をされるかどうかは、かなり怪しいし。

いや、魔王に判定無いスキルとか、勇者のスキルは何の為にあるんだと言いたくなるが！

とにかく、日本の様子を、スキルで探れるというのなら……うん、帰る望みはある。

要は、俺に掛かった謎のロックを外すことさえ出来れば、自力で帰れるのだ。

よし、幸先は良いと言えるだろう。

俺は全裸のアリシア王女の映像を更にアップにして、よく観察した。

寒くないのか、この女。

肌の感覚で起きるような気もするが、疲れているのか。

そして、三分経過。

再び寝ているアリシア王女を魔法陣が包む。

画面内の背景が切り替わった。場所は……おそらく王女の寝室だ。元の場所に戻るのか。

これも指定できたりするんだろうか？

王女は全裸のままだ。

あのまま放置しておいても寝ぼけていたと錯覚するだろうか。

あっ、寝ている王女の下に、先程着ていたネグリジェがあるな。

装備を外した後は、その場に残るのか？　それとも指定方法によるんだろうか？

「ふむ……」

王女が疲れて寝ている内に、もう少し検証を進めておこう。

ステータス画面の向こうで、王女の裸の胸が規則正しく揺れている。

「……すぅ……すぅ」

正直、このまま見続けられるが……いや、今は今後の事も考える段階だ。

つい、裸の女を前に遊びたくなるが、もうちょっとだけ冷静に考えよう。

まず、あのままでは流石に不味い。何かがあったと勘付かれるのは明白だ。

そして、勇者が召喚された日に王女の身に何かがあった、とか、絶対に勇者の俺が疑われる。いや、実際にそうなのだが。擁護してくれそうな人物とは今のところ出会っていない。

よし、王女に服を着せるか。

ただ、他に何か出来る事が無いかな。

このスキルが使える事は、王女含めて王城で出会った人間に知られない方が良い。

だが、このスキルを使いこなす必要が俺にはある。

なので実験や検証は必須なのだ。

他の対象で実験するのもいいがリスクは変わらない。

なら、今のところ、俺を勝手に異世界召喚した上、俺を不幸の底に落とす計画を立てている王女には、まだまだ付き合って貰うとしよう。

では、次に何をするか。

とりあえず、服をうまく着せられるかだよな。

全裸のままで遊んでやりたいが……。

ゲームだとキャラクターの装備を外して裸にして遊んだりする。あの感じだ。

◆【異世界転送術】
【ターゲット】アリシア＝フェルト＝クスラ
【装備指定】先程まで着ていたネグリジェ
【持ち物指定】なし
【場所指定】日本・誰も居ない家・誰も居ない部屋・防音設備の整った部屋・他人が簡単に覗けない部屋・人が過ごしても即死しない部屋
【言語指定】日本語
【目的指定】日本で0・01秒間、過ごす
【禁則事項指定】なし

……こんな感じか。これが出来たら、対象にとってワケの分からないままで早着替えが出来るな。

第三スキル【異世界転送術】、発動！

再び、画面の向こうのアリシア王女は魔法陣に包まれた。

そして……おっ、さっきまで着ていたネグリジェを着たぞ。

そして背景が、日本のどこかの部屋に切り替わる。

魔法陣は一瞬だけ暗くなったが、ほぼ光り続けた状態でまた背景が王女の部屋に戻った。

成功だ！　あ、いや、元々のネグリジェはどうなっただろう？

下手したら何故かネグリジェが二枚になっている、という事に……。

王女のベッドの上に……最初に脱がされたネグリジェは……ない、な。

よし、成功だ！　無事、王女に服を着せる事が出来た。

これ、味方が出来たら一瞬の装備変更に使えるな。

この世界で味方が出来るかは疑問がまだあるが。

魔法陣の光にさえ気付かれなければ、まだ実験は出来そうだ、やろう。

あとは何か王女に枷のようなモノを嵌められないだろうか？

王女は、今のところ勇者である俺を外交のカード、そして兵器として利用しようとしている。

が、内心では勇者をバケモノみたいに思っていて、魔王討伐後は、どうにか不幸に陥れようとしている女だ。

こう……異世界転送以外に、装備を着せられるなら、もっと何か出来ないだろうか？

それこそテンプレだが、奴隷の首輪・腕輪辺りの魔法道具。

いや、この世界にあるのか知らないが。

……ただ、それはあんまり良くないよな。

腕輪とか首輪とか、仮に望むように付けられたとしても目立ち過ぎる。

王女や周囲に気付かれない、が大前提にあるので、それはダメだ。

あと、仮にそういう道具がこの世界になかった場合、墓穴を掘りかねない。

だって、そんな道具があったなら、兵器と思ってる勇者に真っ先に付けるだろ。

それをしないって事は、人を隷属させる系の道具は、この世界に『ない』可能性が高い。

なのに、俺のスキルでそんなもの生み出してしまったら、それを解析して、量産して、利用する先は間違いなく勇者の俺である。

……却下だな、この案は。なしなし。

「うーん……」

あと、ぶっちゃけ思いつくのって、王女にエロい道具を装備させて異世界（日本）に放り込む事なんだよな。

装備品って、文字指定したら何でも装備されるんだろうか？　検証範囲が莫大過ぎて、ちょっと疲れた頭では思いつかないな。

とりあえず、次はどこまで細かく指定できるか検証していこう。

【装備指定】今、身に着けている衣服、三十秒経過で消える目隠し
【場所指定】日本・誰も居ない家・誰も居ない部屋・防音設備の整った部屋・他人が簡単に覗けない部屋・人が過ごしても即死しない部屋
【目的指定】日本で0・01秒間、過ごす

この指定で、第三スキル【異世界転送術】、発動！

まだまだ起きない王女は、再び魔法陣に翻弄され、転送と帰還を繰り返した。

お、目隠しは装備できたな。

あとは三十秒待って消えるか、だ。

俺は、じーっと王女の目隠しを見る。

おっ、消えた！　そういう指定も出来るのか！　……わりと何でもアリじゃね？

やっぱり、伝説の武器とか持たせられるのか？

爆弾付きの首輪を嵌めて、無人島に何人か送り込んでバトルロイヤルとかさせられるぞ。

うーん……やっぱり、勇者だけあってチートスキルなんだろうか。

俺自身の装備を換えさせてくれ、と言いたいのだが。

そもそも、このスキル。過去の勇者は同じスキルを持っていたんだろうか？

いや、まず過去の勇者はいるものか？　いるんだろうな。

なんか王女自身は初めての召喚っぽかったが、勇者召喚のノウハウは元からあった感じだった。

……これだけ出来たら、色々と夢が広がるな。

しかし、勇者はバケモノ、勇者は兵器、か。

今は王女に帰還が出来る設定をしているが、最悪、こっちの世界に帰って来れないように出来るスキルだ。

もしかして、過去の勇者が何かしらやらかしていて、王女とか、この国の人間はそれを警戒しているんだろうか？　だったら情状酌量の余地も……いや、俺には関係ないな、それ。

「んー」

死活問題なのは分かっているのだが、ここまで出来るなら、もう少し遊んでみたい。

あとぶっちゃけ王女の全裸を見てムラムラしている。もう少し悪戯したくなってきた。

こんな勇者を召喚した自分を恨め……いやぁ、どっちが悪いかの線引きが難しいな。

いざという時、ケダモノと言われたら『はい、そうですね』と反省して大人しくなってしまいそうだ。

悪戯もいいが、もう少しだけ頑張って真面目に考えよう。……ついでにエロい事もしてみよう。ヨシ！

装備指定は、わりと何でもアリな可能性が高い。

次の検証は持ち物指定か。いや、持ち物って言ってもな。

禁則事項や目的指定についても考えよう。

この分だと、こちらも何でも設定できてしまう気がする。


このスキルって指定を細かく出来て、ほぼ何でも思うままだな。

ただ、ターゲットを俺自身に出来ない。

その為に『持ち物指定は、現金一億円』とか、そういう事をやる意味が無い。

異世界に送り込むって、基本的に、送り込む側にメリットが乏しいな。

いや、持ち物は持って帰って来れるのだろうが……。

しかし、このスキルについて他言したくないという問題。自身のプラス方向に使う案は、ひとまず保留するか。

このスキルは『攻撃用スキル』。

仲間の居ない今は、そう捉えよう。

目の前から人を消してしまえるスキルだ。

また、ターゲットの装備類を換えてしまえるスキル。

俺にとって不利益を生じさせる相手に対する攻撃として使うスキル。

しかし、あまり人にはバレたくないスキル、だ。

……【人物紹介】スキルで悪人っぽいと判断したら罰を与える、とか、そういう系で使っていけばいいか。

王女と王城に仕える人間がのきなみ、異世界人に対して悪印象だったんだから絶対いるだろ。

『お前は魔王を倒す以外、選択肢は無い。じゃなきゃ帰れないんだからな』とか言ってくる奴は。

召喚した人間を使い捨てにする気の奴。いや、それが王女だが。

そういう奴らと会ったら、逆に日本に送り届けてやろう。

まぁ、日本の方も迷惑しそうなので、山の中とかにでも送るか。

相手によって設定を変えればいいか、そこら辺。

あんまり残酷に過ぎても、自分の精神がおかしくなる危険性もあるし。

王女に関しては……なんか三ヶ月後は一緒に旅をする予定らしい上に、俺の不幸計画を練っている。

防衛スキルとして使う事にしよう。


「じゃあ、次は……」

メッセージボードにメッセージを残せるんだっけ。

メッセージボードとやらは、一般人も使えるのか？

メールみたいなもんだろうか？

フレンドになった相手にのみ送りつけられるとか。

でも、スキルって勇者限定だよな？

そのスキル効果の関係にメッセージボードがあるんだが。

仮にメッセージを残すと、相手のステータスに『篠原《しのはら》シンタより』とか残されてしまうのか？　うーん……。バレてしまうのなら、やりたくないが……。検証は必要だよな。

じゃあ、そうだな。先程の指定を流用してアリシア王女へのメッセージを作成する。


【メッセージ】

『勇者召喚の儀式における、召喚者である王女の代償——』

意味深かつ、もしも俺の名前付きのメッセージだったとしても『王女側に代償ってなかったんですか？』と、すっとぼければいい。メッセージが送れる事に気付いた俺が途中送信した、とかそんな感じで。

このメッセージを王女が見た後、彼女のステータス側に俺の名前があったなら、王女側から何かしらのアプローチとかしてくるだろう。

まぁ本人は俺を嫌いなようだから、部下を通して探りを入れてくるとかなんだろうけど。

だが、仮にメッセージを見ても俺に何も聞いて来ないようなら……メッセージボードには俺の名前とかは表示されていない可能性が出て来る。まぁ、無視してるだけの可能性も高いけど。

匿名のメッセージを送りつけられるとしたら、色々と王女の行動を制御できる可能性が高まるだろう。

今現在、寝ている王女には気付かれずに好き放題できているワケだしな。そう、好き放題。

「……」

もうちょっとエロいことしてみるか。

勝手に、許可無く、異世界に拉致した挙句、魔王を倒さなければ元の世界には帰しません。

更に内心ではバケモノと、兵器と思っています。

仮に魔王を倒しても不幸の底に落とす気です。

……は、クソだろ。異世界人の人権を認めていない。

いや、逃げる気満々だが……逃げられないなら、俺には、これから厳しい戦闘訓練の日々に、魔物との殺し合い、更に魔王なんていう奴を殺すという兵役が課せられる。

心の平穏を保つ為にも、こういう遊び心は必要だ。

しかも王女とか、旅についてくるしな。

基本的に優位に立てる状況は用意しておかないとストレスが溜まる気がする。

しかし、気付かれないように……どうするか。

服を剥ぐだけってのは、やり過ぎるとその内に飽きそうだしな。

いや、現状はまだまだ見ていられるが。ただ、こっちは見てるだけだし。

ふ……よし、アレをやるか。

【装備指定】
・今、身に着けている衣服
・目を覚ますと消える目隠し
・目を覚ますと消える微弱に振動し続ける乳首ピアス
・目を覚ますと消える微弱に振動し続けるクリトリスピアス

うわー、自分でもドン引きー。

字にすると、あまりにも間抜けだな。

これが出来るなら、本当に指定物は何でもアリだ。夢が広がる。エロい意味で。

あとはまぁ、王女の出方次第だが、今のところ異世界への俺の誘拐の代償は、これぐらいしてやれば良いだろ、って気になってきたな。

いや、王女は現状、寝ているだけで何の反省もしてないが。

俺自身の溜飲は、ここまで出来れば下がる。

今後次第で、これ以上に過激なことを考えるかもしれないがな。

じゃあ、第三スキル【異世界転送術】、発動!

◇
◆
◇

「んっ……んん……」

魔法陣が王女を包み、王女に再び目隠しが装着された。

日本のいずこかの部屋の風景が一瞬映り、そして王女は異世界に帰還する。全部、眠っている内にな。

ただ今回は初めて、ずっと寝ていた王女が声を上げた。

王女の姿を映すステータス画面を拡大する。

おお……！　乳首付近の服が不自然に盛り上がっている。

そして、呼吸とは違う形で揺れている。股間部分も同様に揺れているぞ。えっちだ！

「ふぅ……ふぅ……」

そのままじっくり時間を掛けて、観察を続ける。

暗くて見づらいが、頬が紅潮している？

元々、白い肌だから分かりやすいな。とはいえ、激しい変化じゃない。

だんだんと汗の量が増えているが、それでも目を覚ます程じゃないらしい。

まぁ、目を覚ます事さえ出来れば目隠しもピアスも消える筈だが。

「ふっ……んんっ……」

寝相も良く、大人しく寝ていた筈の王女は、かすかに身を捩らせる。

だが目を覚まさない。よっぽど疲れていたのか、だいたい、いつもそうなのか。

「はぁ……んっ……はぁ……」

目を覚まさないなら、そのままイヤらしい夢でも見ていればいい。

まぁ、異世界への誘拐のツケは、このぐらいでいいか。

いや、それだけが目的というワケじゃあなかったが。

俺は眠りにつくまで、王女の乱れていく寝姿を堪能して、異世界での初日を終えるのだった。

3話　偽りのスキル

「……はぁ……んっ……」
何やら耳元から、というより頭の中に色の混じった声が聞こえ、目を覚ました。
見慣れない天井と、それからステータス画面に映る王女の寝姿。
「ああ、寝てたか……」
俺の方が後に寝たのに、王女の方がぐっすり寝ていたらしい。
画面の中では、まだ目隠しがされていた。
あれから一度も起きなかったのか、アリシア王女。
どのぐらい寝てたのだろう。窓からは日の光が差し込んでいる。
……ていうか、外の景色を確認してなかったな。
どうせ、中世風の街並みだろうという気はしているが。
王女の様子を視界に入れつつも、俺は部屋の窓辺による。
うん。ヨーロッパ、中世風の城下町が見えた。

日は、それ程昇っていないな……。朝早いんだろうか。

昨日は、アリシア王女でスキルの検証を少ししたぐらいで終わってしまった。

「異世界、ねぇ」

だいたい分かるよ。俺だって現代日本人だしさ。

急に実感持てっていうのも無理だけど。

だけど、こういうの、召喚されてすぐの……知識を振りかざして、上手く立ち回る所だけが面白いんだよな。後半になると、だいたいマンネリ化するヤツだ。

そこまで人に求められてないのだ。

魔王を倒す為の長い長い旅路なんてな。

ロールプレイングゲームで言えば、ラスボスである魔王を倒すのにレベル四十辺りが適度。

レベル二十ぐらいまでは、レベルを上げるのが楽しい。

けど、レベル二十を越えてラスボスへの道を行く部分は……システムへの慣れとかあって、作業感が出て来る。

現実でやると更にドン、だ。

なにせ、旅立つまで三ヶ月も訓練をしろと言うんだから。

いや、周りの人間が俺に好意的であれば、訓練だって望む所だったかもしれない。

そりゃ確かにさぁ、すぐ出発してくれ、魔物を倒してくれって言われたら尻込みするさ。

彼等も魔王を倒す必要性はあると考えているらしい。

そこを疑問視したら、ただでさえ評価が底辺っぽいのに更に状況が悪化するだろうな。

しばらくは、面従腹背が俺の基本方針だ。

兵器とまで言われる戦闘力を手に入れてから……でいいのか？

常に身の振り方を考えていかないとな。


「はぁ……はぁ……」

王女は、勇者召喚の儀式でよっぽど疲れていたのだろうか。

身体の敏感な部分を三点、一晩中、刺激されながらもまだ寝ていた。

そのエロい吐息と、身体の揺れる様をじーっくりと観察させて貰う。

ネグリジェは素材が薄いのか、透けてこそ見えないが……俺が装備させたピアスの部分が、膨らみ、そして揺れていた。

いやぁ、スケベだな、王女様。乳首とクリトリスに振動するピアスを付けて寝るとか。

しかし、まさか、あのまま起きないとは思ってなかったぞ。

夜中に一度目を覚ますとか思っていたのだが……まずいな。

王女を起こしに来た誰かに、現在の王女の姿を見られると誤魔化しが利かないんじゃないか？

他人が部屋に訪れても消える設定にしておけば良かった。

というか、今の内に装備を消しておくのも手だが。いや、流石にいつ人が入ってくるか分からないところで、あの魔法陣を見られるのはアウトだよな。絶対に俺の仕業だとバレる。

なにせ、昨日・今日でこの国にとってイレギュラーな存在は、俺だけの筈なのだから。

「……はぁ、んっ……やぁっ……」

窓から差し込む光のお陰で、王女の頬が紅潮しているのが、はっきりと分かった。汗もよくかいているようだ。王女は、三つのピアスに性感を刺激され続け、快感を緩やかに感じながら眠っている。よく起きないな。

眠りは浅くなっているだろう。レム睡眠だったか？　その状態で、あの刺激なら、エロい夢を見ているんだろうな。

……プロフィール的に夢の中で、俺とか獣人や亜人に鞭を打って興奮していたりするのか？　だったら嫌だな。

自分がSかMかと考えた事はないけど、どちらかというと、相手を虐める方が俺も好きだと思う。

加虐趣味の王女とは気が合うな！　問題は、その対象なワケだが！

「んっ……！」

あっ、目隠しが消えた！　王女が目を覚ましたようだ。

最後、達したのだろうか？　アリシア王女の身体がビクンと跳ねた。いや、目が覚めてビクッとなる感じか？

「はぁ……、ぁ……？」

王女が、きょとんとしている。顔や仕草だけなら可愛いんだよな、この女……。中身がクソっぽいのが惜し過ぎる。

「んっ！」

アリシア王女は身動ぎをすると、ベッドの上で内股になった。

さっきまで目覚めない程とはいえ、一晩中刺激され続けていたんだからな。起きたからって、簡単に身体の感覚は戻らないと思う。

「はぁ……？」

目をきょろきょろと動かした後、おもむろに片手を自身の股間に這わせた。

「んんっ……！　はんっ……」

おお、エロい。興奮したままのところを手で触ったからか、ぴくんと身体を震わせて、王女は快感を感じて見せた。俺にばっちり見られているとは気付かずに。

「はぁ……最悪よ……」

どうも自分が股間を濡らしていた事を、手を当てて確認したらしい。

淫らな夢を見ていたかは知らないが、まぁ男の俺からすると朝勃ちぐらいの軽い認識かもしれないな。

『よくも勇者め……』とか、俺が何かしたなんて結びつけている様子はない。

いや、内心は分からないが。ただ、単純に朝から興奮している自分が嫌になっているだけ、といった印象だ。

このまま王女の様子を観察し続ける。

下手に動くより、王女を監視していた方が、この世界の真実に詳しくなれそうな気がするしな。

王女の俺不幸計画を事前に知る事が出来れば対策も取れるだろう。

あと、単純に興味だ。

綺麗な女の私生活を一方的に覗き見できるんだしな。

それも異世界の美女。それもスキルを使用して。

……異世界そのものより、何よりの娯楽だろ。

しかも自身の安全対策も兼ねるという実益も兼ねている。

うん。王女を監視しない理由が無いな。

趣味と実益を満たそう。

監視対象を増やせれば良いのだが……どうなんだろうか。

あんまり男は監視したくないが、死活問題なので、そうもいかないだろう。

「はぁ……」

画面の向こうで、のそのそと起き上がるアリシア王女。

一晩かけて昂ぶらされた身体を少し持て余している様子が、なんとも悩ましいな。時々、
んっ、と声を漏らしているのがエロい。

これで性格クソじゃなければなー……。

見た目だけなら、アリシア王女は最高なのに。

異世界に召喚されて、勇者と持《も》て囃《はや》されて、そして王女との恋……テンプレだ。

【人物紹介】のプロフィールがなかったら、俺も態度を変えてたし、テンション上がりまくっていたんだろうな。

……ところで、朝飯、貰えるのかな。

部屋に案内された後、夕飯を持ってきて貰えたぐらいで、特に接触が無いんだが……。

俺の事は無口な奴だ、とか思われてるのだろうか？

バケモノは何食うんだ、とか思われてるのだろうか？

いや、表面上は人間扱いされている気はするけどな。

うまいこと踊らせて、国の為に戦わせようと考えているんだよな。

……今日は、可能な限り、この世界について情報収集するか。

と、そこで王女の様子が何か変わった。ん？

「え？」

「……代償？」

と、王女がそう呟く。スキルの関係で王女の声は、小声でもクリアに聞こえるな。音声オフとか出来るんだろうか、これ？　じゃなくて――

アリシア王女に送ったメッセージに気付いたか。

俺が送ったメッセージは『勇者召喚の儀式における、召喚者である王女の代償――』だ。

意味深だが、意味不明という文字列だな。

……さて、どう出る？

「代償……、代償？」

ふむ？　混乱している様子だな。

嫌っているらしい異世界人の俺からのメッセージと分かったなら、舌打ちとかしそうなものだが……そこは王女だから上品なんだろうか？　いや、昨日は反吐《へど》が出るとか言ってたしなぁ。

「そんなものが……？」

なんか焦ってるぞ？　自分の身体を色々と確認している。

汗は……元からかいていたか。いや、なんか冷や汗みたいに見えるのだが……。

心なしか、顔を青くしている。

メッセージボードの表示は、アリシア王女に、どう見えているんだ？

俺からのメールです、とかは表示されてないって事でいいんだろうか。

匿名メッセージを一方的に送りつけられるなら、更にやれる事が増えそうだ。

しかも、そのメッセージは召喚の代償という認識をされる。

上手くいけば、王女を俺の優位にコントロールできるな。

やがてアリシア王女が、そそくさと着替え始めた。朝の生着替えショー開始だぜ！

しかも、股間を覆う布は、目覚めるまで受け続けていた刺激のせいで湿っているご様子。

当然、王女は、それを穿きかえる為に脱ぐ。

下着からは糸が引いていた。

「っ……」

青い顔だったのが、今度は頬が赤く染まった。

恥ずかしいのか？　まぁ、昨晩はお楽しみだったのは、強制的だったもんな。

こんな男を異世界召喚なんてするからだよ。

王女といえど、侍女に着替えを手伝わせるとかじゃないんだな。

場合によるか、そういうのは。

コルセットとかするかは知らないが、そういう時は手伝わせるのだろう。

自力で着替えているのを覗く方が、俺としては満足感があるから良いな。

しかし今、こうして王女の着替えだけでなく、濡らして糸を引く股間さえも覗いていて思ったんだが……。

……勇者って誰でもいいんだろうか？

はっきり言って、お世辞にも、自分が優れた人間だなんて思ってない。

魔王討伐を目的とするのなら、現役軍人とかを召喚した方がよくないか？

スキルさえ与えれば兵器と化すなら、戦いのイロハを知っている人間を召喚した方が良いだろ。

オタク気質な方が異世界を受け入れやすいから？

……いやぁ、自衛隊にも同じ趣味の人は沢山いると聞く。

だったら、俺みたいな何の変哲もない、こんな変態チックなガキより、まともな奴を呼ぶべきだ。

スキル頼りの兵器人間を欲していただけなら、俺である必要性が無い。

召喚対象はランダムだったのか？

召喚者である王女や、儀式に何か関係してたりするんだろうか？

有名ゲームだと、過去の英雄を召喚するが、それには、召喚者の命令に絶対に従わなければいけないという枷を掛けられるよな。

……ああ、今の俺、ああいう感じなのか。

召喚される側。兵器として力を求められているが、一応人格はある。

……そもそも、ここにある俺の意識や肉体が、元々の俺のコピーである、とか、そういう事もあるかもな。

と、脱線？　した。

アリシア王女は、着替え終わると、部屋を出てどこかへ向かった。

んー。朝のトイレとかされないんですかね。

というか、俺もちょっと処理しとこうか。

昨日から色々と堪能させて貰った分、賢者になっておかないとな。

◇◆◇

この世界、時計はあるらしい。ただ、一般家庭用の電池式の時計といった感じじゃないな。

……科学技術は、どの程度発展してるんだろうか？

科学の代わりに魔術・魔法というのが異世界のテンプレだ。

少なくとも召喚の儀式はあるしな。

スキルは勇者だけだが、魔法も使える事は期待したい。

周りがキナ臭い分、せめて戦闘能力はチートであって欲しいなー。

――コン、コン。

と、そこで部屋のドアがノックされる。

「勇者様、お目覚めでしょうか?」

「はい。起きています」

「朝食の用意が出来ました。食堂へご案内いたします」

「ありがとうございます」

対応は、丁寧なんだがな。朝食の案内に来た相手に【人物紹介】スキルを使用する。

◆イザベル
性別:女
年齢:25歳
プロフィール:
『王城で働くメイド。異世界人に対して警戒心を抱いている』

警戒心ねぇ。まぁ、ここは普通とも言えるのかな。

警戒さえ解いて貰えば普通の対応を期待できる、か?

いや、まぁ、この人に無理に心を開いて貰う事もないけど。

王女が差別主義なだけで一般人は普通だといいなぁ。そうであってくれ、異世界。

朝食は……洋食って感じだった。感動する程ではない内容だな。

毒物鑑定スキルとか欲しいな。暗殺対策としてさ。

いや、十個のスキルの内、一つをそれに費やされるのは嫌だが。

さて、王女は……どこだろう？　図書室？　本を開いている。なんだ？　調べ物か？


「代償なんて話、聞いていませんわ！　一体、どういうことなんですの……？」

と、王女が焦ったように本を調べ始めていた。

ふっ……。と俺は邪悪にニヤつく。

これで分かった。メッセージボードは匿名だ！

そして、王女はメッセージを何か深読みしたらしい。

これは上手くやれば、王女の今後の行動に制限を課せられるな！

幸先は良い、と考えておくか。まぁ、敵は王女だけじゃないんだろうが。

「勇者様。お食事が終わりましたら、訓練場へ赴きください」

「……はい。案内は貴方に任せれば？」

「はい。承ります」

「ありがとう」

面従腹背、面従腹背、っと。しかし、戦闘訓練なんて俺に耐えられるのか？　ただの普通の日本人のガキだぞ？

◇◆◇

訓練場は、まぁそのまま訓練場という感じだ。城壁の中にあり、何本か縄の巻きつけられた太い木の棒の打ち込み台がある。

そして、案内されたその訓練場には、一人の男が立っていた。

こいつは昨日、アリシア王女と話をしていた男か？

「あんたが勇者か」

「はい」

「初めましてだな、俺の名前はルイードだ。この国の騎士団長を務めている。あんたの戦闘訓練を担当することになったんだ。よろしくな」

「はじめまして、よろしくお願いします。篠原《しのはら》シンタです。勇者らしいです」

体育会系っぽい男性が、訓練教官らしい。

俺は【人物紹介】スキルで彼を見る。

個人情報？　気にしていられる状況ではないのでスルーだ！

◆ルイード＝クラナス
性別：男
年齢：42歳
プロフィール：
『王侯騎士団の騎士団長。人族主義の人間。王女と結託している。勇者の言動を監視し、いざという時は勇者を仕留める役を王女から託されている』

……いや、クソかよ！

直接的に俺を殺す気の奴とは、初めて会ったよ。

この国、いや城か？　こんな奴等ばっかか？

勇者とは彼らにとってどういう存在なんだ？

「さて……勇者様よ。訓練を始める前に聞かなくちゃな。じゃなきゃ命に関わる」

「命に関わる？」

いきなり核心か？

「ああ。勇者様のスキルってのは、どういうものなんだ？」

「スキルが、どういうものか、ですか？」

それを俺に聞くのか。いや、スキル自体、勇者の特権らしいけど……。

知らないのか？　勇者固定の技能じゃないって事？

「スキルについては、王国側の方が正確に把握されているのではなかったのですか？」

「はぁ？　誰が言ったんだ、そんな事？」

「いえ、言われたワケではありませんが。王女様に説明されたんですが、勇者は召喚の際に三つのスキルを手に入れる。そして、その後に全部で十個になるまで、あと七つスキルを手に入れるもの、と」

「そりゃそういう話らしいな」

「では、王国の者は……過去、召喚した勇者から十あるスキルについては知っているのではありませんか？」

過去にも勇者を召喚した事がある、というのは秘匿情報だったりするのか？

いや、話の流れで分かるしな。ここはツッコまれないと思う。

そして、前回やその前の勇者だってスキルを持っていただろう。

それが俺と同じスキル持ちだとすれば、こちらの手の内は筒抜けというワケだ。

……できれば、そうであっては欲しくないな。

「そりゃあ、そうだが、それは過去の勇者の事だ」

「過去とはいえ、同じ勇者ですよね？　どちらかと言うと私の方が、残りのスキルはどのようなものがあるか、どのようにして覚えれば良いのかについて聞きたかったのですが」

ルイード騎士団長は、そう問う俺に対して眉間に皺《しわ》を寄せる。

「過去の勇者についての文献は残ってる。だが、召喚される勇者達が毎回同じスキルを使えたなんて話はない」

「そうなんですか？」

「ああ」

って事は、過去の勇者は俺とは違うスキル持ちだったのか。

いや、彼が真実を語っている保証は無いな。

カマをかけているとか？　嘘を吐くかどうか値踏みしているとか。

「王国側では召喚された勇者のスキルを調べたりできないものなのですか？」

「調べる？　どうやって？」

「それは……こう、魔法とかで、解析？　をして？」

「んな事できる魔法は聞いた事がねぇよ」

「そうなんですか……」

「勇者様は魔法を何だと思ってんだ？」

「いえ、まったく知りません」

というか、やっぱり魔法は使えるのか。俺も使えるようになるかな。

そういうのだよ、そういうの。異世界のテンプレだろ。

剣と魔法な。別に武器は剣じゃなくてもいいけどさ。

「魔法ってのは、魔物を倒す為に発達した技術だ。そんな便利な事は出来ねぇよ」

「魔物を倒す為に発達した技術、ですか」

じゃあ、魔物を調べる為の魔法とかは発展しなかったのか。

よくあるだろ、戦う魔物の解析魔法。弱点を調べて表示するとかな。

それを勇者に使えばスキルとかもバッチリ見れそうなものだ。

「そうだ。勇者様にも覚えて貰うぜ。それとも、もう覚えてるのか？」

「いえ、覚えていませんが……」

覚えろと言われて覚えられるものなのか？

魔法も使えないなんて、役立たずが、死ね！　とか言われる可能性もあるな。

「とにかく、まずはスキルについてだ。詳しく教えてくれ」

「はぁ……」

誰が詳しく教えるかよ。というか、こっちもまだ詳細を把握してないし。

スキル名を言ったら、過去の文献から仕様が分かったりするかもしれないな。

ただ、勇者によってスキルが違う。鑑定魔法も無いらしい、というなら嘘も吐けるか。

……それが真実かどうかも分からないんだよなぁ。

だが、正直には言いたくない。というか言えまい。

現段階で王女に対しては、ほぼやりたい放題できるスキルで監視もできますとかな。

……転送術のターゲットは複数人を相手取れるんだろうか？

試したいが……王女がターゲットから外れるのは嫌だな。

王女という肩書き上、いつ謁見できるかは分からないし。

とはいえ、目の前のルイード騎士団長こそが、俺の命を狙う人間であるというのも、考慮すべき事実だ。

「そうですね。正直に申し上げれば、昨日召喚されたばかりで、スキルについて正確に把握しているワケではありません」

「ほう」

まぁ、これは嘘じゃない。

色々と試したのは第三スキルだけだしな。

戦闘において重要そうな第二スキルは検証のしようがなかった。

「まずは一つ目のスキルですが……スキル名は【人物紹介】」

「人物紹介？」

「ええ」

ここは、まぁ、下手に嘘を吐いても仕方ない。いや、それでも詳細は隠しておくが。

現状は警戒すべき相手を教えてくれている俺にとって有用なスキル。だけど王国にとっては邪魔なスキルとしか言いようがないだろう。

とはいえ十個しかない勇者専用スキルにしては微妙性能な気はするのだが。

歴代勇者のスキルを知りたいな。

完全上位互換の鑑定スキルとか余裕で持ってましたとか言われたら、若干凹む。

「対峙した人物の名前、年齢、性別、それから簡単な紹介文を、私に教えてくれるスキルです」

「……なんだそりゃ？」

あ、微妙な顔をしてやがる。くそ、俺にとっては役に立つスキルなんだよ。

主にお前みたいな奴を警戒するのにはな！

「なんだそりゃ、と言われても、そのままとしか言いようがありませんが……」

というか、嘘は吐いてないしな。

下手に嘘を吐いたらどうなるか分からんが、嘘を吐くより他に無い状況でもある。

「……その簡単な紹介文ってのは？」

「えっと……例えば、ルイード様なら、王侯騎士団の騎士団長、と私には伝わっています」

「何の意味があるんだ、そりゃ？」

「私に聞かれましても……ただ」

「おう」

「この紹介文は、随時変更される場合がある、という説明付きです。異世界におけるコミュニケーションの為の、いわば生活するにあたって必要なスキル、という気はしますが」

「……」

あ、すっげぇ微妙な顔をしているぞ、騎士団長。

兵器として呼んだ筈の勇者のスキルの内の十分の一がそんなもんか？　という感じだ。

しかし、これに関しては嘘は吐いていない。

紹介文がどれだけの情報を俺に与えてくれるか、について伏せているだけだ。

「まぁ、いい。あと二つは？」

「はい。二つ目のスキルは【カウンター】です」

「カウンター」

「はい」

俺の、本当の第二スキルの名前は【完全カウンター】だが、一応は下位互換っぽく伝えておく。第二スキルもまた生命線だからな。

「どういうスキルだ？」

「はい。私に対する攻撃を、攻撃した相手に反射できるスキルらしいです。試していないので詳細は分かりませんが」

「……ほう」

少し、警戒の色が濃くなったな。

俺を殺す際の対策を練っているんだろうか。

本当の【完全カウンター】の説明は、スキル使用者に対する如何なる攻撃も、全てを攻撃者に反射する……というものだが、これにしたって検証しなくては、いまいちピンと来ないしな。

結果として、今、口頭で説明した程度のスキルでしかない可能性も十分ある。

「今、勇者様に斬りかかったとしても、それが跳ね返されちまうって事かい？」

「そうであって欲しいとは思いますが、検証が必要かと思われます」

「そうだな。しっかり確かめねぇといけねぇな。何せ、命に関わる」

「そうですね。命に関わりますね」

誰の命に関わるのか、知らないがな！

「三つ目は？」

「三つ目は……」

今のところ、俺の話しているスキルや、スキル名についてツッコミは無いな。詳細は違うのだが……相手が情報を隠しているのか、俺の言葉を真に受けているのか未知数だ。

さて……勝負所だ。

「三つ目のスキルは……ちょっと、これもよく意味が分からず、説明が難しいのですが……【召喚者の加護】というスキルですね」

「ぁあん？」

うっ、やはり真っ向からの嘘はバレるのか？

裏では、こちらのスキルを完璧に把握していたか？

なら、王女に対して、あんなに好き放題させるなよ。

俺の不幸を慰みにするどころか、一晩、俺の慰みになってたぞ？

「どういうスキルだ？」

「……そうですね」

バレていないのか？　それともルイード騎士団長が、解析している俺のスキルを知らされていないだけか。

まぁ、嘘を吐いてしまったものは仕方ない。

というか嘘を吐くしか俺には道が無いんだ。


「第三スキル【召喚者の加護】は、勇者を召喚した者に一時の加護を与える、というスキルです」

「……勇者を召喚した者に？」

「はい。私を召喚した者は……えっと、昨日、会った王女様なのでしょうか？」

「……まぁ、そうだな。【勇者召喚】の儀式は、王族にしか行えない。王妃様は今、病に臥せっておられるしな」

おっと、新情報だ。そうだったのか。

そういや、母親にも会わせるとか言っておいて、昨日は顔を見せなかったもんな、王妃。

勇者召喚が王族にしか行えないなら……俺が召喚された場に居たアリシア王女が、俺の召喚者であるのは間違いないだろう。

「で、なんだ、加護ってのは？」

「それは私の方が知りたかったのですが……。王女様のお姿は昨日、謁見の間でお会いして以降見掛けておりませんし」

まぁ、嘘だけど。

「そいつは、王女様が近くにいなきゃ使えないスキルなのか？」

「おそらくは、そうですね。いえ、まだ詳細は掴めていませんが」

とはいえ、やる事は決まっているがな。

昨日の実験結果から、王女に盾でも装備させて転送・即帰還を設定すれば、あら不思議、盾を召喚するスキルとなるワケだ。詳細についても考えてある。

第三スキルについて公然と実験できるかもしれないしな。

……まぁ、危険な賭けだが。

誤魔化しようのある範囲で嘘を吐くことにする。

「それにしても……アリシア王女様は、お美しい方ですね」

「あん？」

「いえ、召喚された際と謁見の間でまみえ、話も少しした程度ですが……私の国でも、あのような美しい王女様など見た事がありませんでした」

そもそも、王女なんて役職の人すら見た事がありませんでした。

「へぇ……。なんだ、勇者様。王女様に一目惚れでもしちまったのか？」

「それは……まぁ、ハハ。勇者といえども、ただの男ですから。あのように美しい方を前にすれば、多少の懸想はね」

「ほう」

ルイード騎士団長は、俺のその言葉にニヤリと笑った。

そうそう。これは俺の弱みですよー。

色仕掛けをしておいて、最後に裏切ってやるぜ、みたいなのを俺の不幸計画に組み込んでおけばいいですよー……っと。

これでアリシア王女からのアプローチのコントロールや、転送術実験をし易くさせて貰うぞ！

4話　スキルに掛けられた封印

「勇者様のスキルについては王女に相談しねぇといけねぇな」

「そうですね。ですが、王女というからにはお忙しいのでしょう?」

現在、図書室で調べ物の真っ最中だしね。主に俺のせいで。

「そうは言うが、そりゃあ仕方ねぇだろ。王女様が居なきゃ役に立たねぇスキル……なんだよな?」

「多分ですが。しかし、魔王退治の旅に王女を連れていくワケにもいかないでしょう。ハズレスキルという奴ですかね?」

「いや……。まぁ、そうだな! 何はともあれ、王女に相談しなきゃ話にならんさ! ハッハッハ!」

「そうですね」

うーん……。【人物紹介】の内容的に。

ルイード騎士団長は単に仕事として、いざという時は俺を殺す任務を背負っているだけの人かもしれないな。

王女と結託しているっていっても、俺に悪意は無いのかもしれない。

そもそも『魔王を倒す為に勇者を召喚する』という事はだ。
一、魔王は、騎士団の戦力では倒せない。
二、つまり勇者は、騎士団を束ねるよりも強い戦力を個人で有する事になる。
……だから、勇者がヤバい奴だったら、そりゃ困るよな。

そういう意味で、この騎士団長は俺を値踏みしているだけなのかもしれない。

今だって、俺が力ずくで王女をどうにかしようとしたら絶対に王女を守らなければ……

とか思ってるかも？

【人物紹介】のプロフィールを全面的に信じ切るのも問題だよな。

どういう事情で、この人物紹介になっているのか、俺には分からないんだ。

とはいえ、王女のプロフィールは不穏過ぎだが。

問題ありなのはアリシア王女だけかもしれない。

……不穏な未来を思い描いている王女に、異世界拉致の分と、兵役強制の分、代償を払って貰うぐらいでいいか。

そもそも、この国は人族主義で、亜人や獣人を差別している国っぽいが……その範囲を異世界人に向けるか否か、個人によって違うらしいな。

「ところで、ルイード騎士団長」

「おう」

「魔王退治へ向かう旅は、三ヶ月後。それまでは訓練期間という話でしたが……それで良いのですか？」

「それで良い……何がだ？」

これは確認しておきたかった事の一つだ。

召喚しておいて魔王退治の旅は、悠長に三ヶ月後でいいってのは何だ？

王国の端にある村とかは見捨てられてる可能性もあるよな。

「魔王とは、すぐに倒さずとも良い存在なのですか？」

「あ？　そりゃすぐに倒して欲しいさ。その為に勇者を呼んだんだからな」

「ですが、三ヶ月も猶予があるらしいですが……魔王による被害などは大丈夫なものなのですか？」

「魔王による被害？」

「はい」

なんだ、この反応？　なんか認識が違うんだろうか？

「そもそも魔王とは何でしょうか？　わざわざ勇者とやらを呼び出した以上、強大な存在という事は分かるのですが……騎士団でも対処できぬ程の……魔物か何かでしょうか？」

「ふーむ」

どうなんだ、そこら辺。今の俺に教えられない、とかか。

或いは嘘の情報を掴ませるとか。

本当か嘘かって、今の時点で判断できないんだよな。

「魔王ってのは、居るだけで魔物共を強く育てちまう奴だ。放っとくと、そこらの魔物が手を付けられなくなるぐらい強くなっちまうんだ」

「居るだけで魔物が強く育つ、ですか」

そりゃあ、たしかに脅威だな。人々の生活に関わる災厄っぽい。

「んで、魔王って奴は生きてるだけで、土地を枯らしちまう」

「土地を枯らす？」

「おう。作物や植物は枯れるか、魔物化しちまうし、天気も悪くなって、いつも空がどんより曇っちまう」

「はぁ……？」

ホントか、それ？　なんか魔界のイメージっぽいけどさ。

うーん。しかし他所の国を攻める為に、ただの敵国を魔王の国だとか言ってる雰囲気じゃないな、これ。

魔国と言っていたから、陸続きで魔界みたいな土地があるって事でいいのか？

「んで、一番の問題がよ」

「はい」

「魔王に近付くと、人間は死んじまうんだ」

「は？」

近付くと……死ぬ？　おい、俺も人間だぞ！

「魔王に魔力を向けられちまった奴は、それだけで死ぬ。どんなに手錬れの冒険者だろうが、超一流の騎士だろうが、剣聖と言われるような剣の達人だろうが……何の関係も無ぇ。魔王の魔法は誰にも防げねぇ。……たしか【即死魔法】って言われてるらしいぜ」

「即死魔法！」

なるほど、即死魔法ね！　しかも即死魔法を防ぐ術がこの世界の人間には無い。

だから、どんな実力者も魔王の前では無意味。

当然、騎士団なんか数を集めても意味が無いんだ。

あ、待てよ、じゃあ、アレか？　第二スキルの【完全カウンター】。

俺が魔王の前に立って、即死魔法を撃たせたら……それをカウンターするだけで魔王を倒せるのか！

つまり勇者は魔王の天敵！　そして勇者以外の人間には魔王に対抗する術は無い！

……思ったより、ガチに勇者頼りにするしかないじゃないか。

そんな貴重な勇者に対して、王女は何を考えてんだ？

「文献では過去、百年だか何だかの周期で魔王が復活しちまうらしくてな」

「魔王……やっぱり倒しても復活するんですか？」

「そりゃあなぁ。魔物ってのは、そういうもんだろ？」

「……そういうものなんです？」

野生動物と魔物は、また違うのか？

「魔王ってのは、魔力を集めるらしい魔界にある植物から生まれてくる……らしい、ぜ」

「植物!?」

まさかの植物なのか、魔王!?

「ま、それ以上詳しくって言われても、俺もそこまでは知らねぇ。だが【即死魔法】や、魔界植物から魔王が生まれてくるってのは、ずいぶんと昔から伝えられてきている話でな」

「昔から……ですか。魔王は度々、復活してきた……として」

というか植物だとしたら、魔王が生えてきたとか、そういう感じか？

「かつての勇者達は、しっかり魔王を討伐できたのですか？」

「そりゃあな！　討伐できてなきゃ、今頃世界が滅んじまってるよ」

「世界が滅ぶ……」

まぁ、魔物がどんどん凶悪化していき、作物も枯らされたらヤバいよな。

しかし、定期的に魔王狩りはしなくてはならない、と。

ふむ……。どうしよう。魔王を倒すビジョンが見えてしまった。

あとは、やる気次第ぐらいのところがないか、これ。

王女のプロフィールがもっと夢見がちな感じだったら、バリバリ働いてたぞ。

いや……勇者が魔王を倒せる、までは王国も既定路線、当たり前の事みたいだな。

となると王族が目を向けるのは魔王を倒した後のことになる。

ありがちなパターンだと魔王を倒した英雄は邪魔なので……という奴だ。

アリシアの俺不幸計画って、そういう系か？

じゃあ向こう三ヶ月、魔王を倒すまでは俺の身は安全。

かつ、王国も相応の対応を考えている。

……が、魔王を倒して用済みとなった後は処分する気まんまんである、か。
いや、魔王を倒したあとは元の世界に帰れるって話だった筈だが？
そこが嘘って事だろうか？
かつての勇者のスキル構成は知らないが……俺は自力で帰れる可能性がある。
転送術のロックが掛かっているのは、召喚儀式の影響か、王国の作為か。
どうにかして、それを調べないといけないな。
というか、第二と第三については、勇者の基本スキルの可能性が出て来た。
特に第二については無いと話にならないだろ。
いや、即死無効とか、そういうスキルであっても良いけどさ。
しかし、勇者が魔王のもとまで辿りつかなければ話にならない。
……王国に失敗談は無いのだろうか？
仮に勇者による魔王討伐が失敗したら、次の勇者を呼ぶ必要があるが……。
それが可能という事は勇者リセットが出来るという事だ。
使えなそうな勇者なら不要である、という奴。
何故、王国はそれをしないのか。
いや、現時点で俺は無能だとか判定されているワケではないんだろうけどさ。

「勇者召喚の儀式、というのは……もっと多くの者を呼んだりしないのですか？」

「うん？」

「ほら。一人だけより多人数の勇者を召喚した方が、魔王を倒すにあたって、効率的なんじゃないですか？」

「勇者の多人数召喚、ねぇ」

ん？　なんだ、その白けた態度？

「やった事はあるらしいぜ、そういうのも」

「あるんですね！」

じゃあ、出来るって事だ。

「あれ、じゃあ何故、今回は俺一人なんです？」

「さぁな。っと、話はこれぐらいでいいだろ、勇者様。それより仕事だ、仕事。スキルについては分かったからよ。お前さんには、魔物と戦える実力を三ヶ月で付けて貰うんだ。サボってる暇ねぇぞ。戦うのが勇者の仕事だからな！」

「はぁ……」

まぁ、いいけどさ。

「過去について知りたきゃ、それこそ王女様に頼んで王族用の図書室でも利用させて貰ったらいい」

「……王族用の図書室？」

「おうよ。過去の歴史だの、何だのの記録を保管してある図書室な」

それはアレか。今、王女が居る部屋のことか。

転送術の監視機能でばっちり監視中だ。

「ですが王族用なのですよね？」

「ああ。だが、王族の許可があれば利用できるもんだ」

「王族の許可、ですか」

許可、下りるのかねぇ。王様とかの方が王女より許可くれそうだが……。

それで、その日の訓練は、剣を使った戦い方の手解きだった。

剣術については勇者補正とか別に入らないらしい。

俺も全く動けないという程ではないものの、騎士団長となる程の男の実力には到底、及ばなかった。

凄い微妙な顔をされる。いや、無茶言うなと。こっちは呼び出されただけの一般人だぞ。

だが、事前にスキルについて教えておいたお陰か、叩きのめされるとかはされなかったな。

スキルの検証もしたいのだが……。

◇◆◇

午前の訓練を終えて、用意された昼食を食べる。

運動不足だったつもりはないけど、普段使う筋肉じゃないところを使ったせいか筋肉痛だな。

……これを毎日強制か？

午後の訓練もあるという。なんだかなー。

同意したワケでもないのに入れられた体育会系の部活で練習を強要されている気分。

異世界である、という要素と、真剣を持ったという要素で、ちょっと差し引きゼロといったところ。

俺にも無双してみたいとかいう欲はあるんだけど、このスキルじゃなぁ。

勇者だからって、それだけで強くなった様子は今のところは全く無いな。

「お？」

朝から調べ物をしていた王女も同じタイミングで昼食を取るようだ。

特に絡む相手が居るワケでもなし。監視しておくか。

「ルイード、報告を聞きますわ」

お、ルイード騎士団長。昼も食わずに王女に報告に行ったのか。

王女も飯時だろうに、そういう配慮はしなくていいのか？

……この二人、恋仲だったりしないよな？

異世界の恋愛事情は分からないが、王女と騎士の恋愛。テンプレだ。

「はい。今回、召喚された勇者のスキルは今のところ三つ」

「ええ」

「【人物紹介】【カウンター】【召喚者の加護】らしいです。内容は……」

どれも俺が話した通りの内容の報告だな。

やはりルイード騎士団長は、別に悪意があるワケじゃないのか？　ありのままを報告している印象だ。

報告を聞いた王女が、可愛い顔の眉間に皺《しわ》を寄せている。可愛いなぁ、王女様。内面？　うん……。

その顔は、なにかスキルについて不満でも？　まぁ、スキル内容が嘘だけど。

「勇者のスキルについて、アレが嘘を吐いている様子は？」

お、流石に虚偽報告は疑うのか。異世界人達が間抜けの集まりって事は、そりゃ無いよな。絶対に俺よりも賢い人間なんて無数に居る筈だ。王族ともなれば尚更。

あんまり頭脳面で出し抜けるとか考えない方がいいな、これ。

俺のアドバンテージは、スキルによる一方的な監視と転送術だ。

「今のところは何とも言えませんねぇ。時間を掛けて勇者に取り入って……詳細を確かめていくしかありませんよ」

「そう……」

「なんで、王女様にはご協力をお願いするしかありません。ただ」

「ただ？」

「あの勇者、どうも王女様に一目惚れしたそうですよ。なんで、王女様に会う為に嘘を吐いたって線はあるかもしれませんね」

「はぁ？」

おお、イヤそうな顔に声だこと。

しかし、イヤそうにしている顔なのに整っているとは、これ如何に。

王族はハイスペックなのか？

「やっぱり異世界人というのはケダモノらしいわね。過去の伝承の通りですわ！」

ふむ？　過去の勇者がなんかやらかしたのか？　にしたって初対面より前から不幸の底に落とそう計画は無いだろ。

「……召喚された勇者は、その力や立場を笠に着て、女ばかりを求めて回る、という奴ですか」

「そうですわ！　異世界人は、人間の女と見れば性欲の捌け口としか見ない！　かつての勇者達の振る舞いは、まさに地獄そのものだったと言いますわ！　そのせいで、かつての民がどれだけ苦しみ、そして王族の信用を貶めてきたか！」

……あれ、これ、勇者側が悪いんじゃ？

いやいや、俺がやったワケじゃないけど。

……似たような？ことは王女にやったな、俺。

過去の勇者は何したんだ、一体？

「勇者は人語を話すだけでオークやゴブリンと同じ存在ですわ！」

凄い言い様だな。ふむ……。

過去の勇者。まぁ、日本人のオタクってのがテンプレだよな。

実際、そうなのかは知らないが。じゃあ、召喚された勇者がどう振る舞うか。

この世界を全て自分に都合のいいものだと思って、立場にかこつけて好き放題。

女は全部、自分のものとばかりに振る舞って……そこかしこで女と関係を持とうとする。

そうして市井の人々が勇者の振る舞いを嘆き、それもこれも勇者を召喚した王族の責任、か？

そりゃ、あんまり快くは受け入れられないかもしれんなぁ。

しかし、勝手に召喚したのは、そっちだろ？

同意の上でなら、王国側は単なる被害者に見えるけど。

勝手に召喚して、魔王と戦う為に訓練を義務付けして、命懸けの旅と戦いに赴け……っていう話になったら、そりゃ反発するだろ。

男だったら、もっと接待とか期待するだろうな。その結果が、オークやゴブリン扱いか？　微妙に納得してしまうな。

どうも、どっちも得をしない召喚儀式な気がする。

魔王に対抗する為には、やらざるを得なかったようだが……。

一方的にクソな異世界かと思ったけど、勇者側もクソと。

初日からアリシア王女にスキルで悪戯した俺は、人のことは言えないな！

「勇者の管理は、王族の義務ですわ。あんなものを召喚なんてしたくなかったけど……」

どうも【人物紹介】から受ける印象と違うな。

いや、加虐趣味は、王女のただの趣味か。

なんでそれが俺の不幸の底計画に繋がるのか。

つうか、あんなものって言うな、こら。

その会話を聞いているぞ、その『あんなもの』が。

「しかし、聖国に引き渡せば、聖女様が勇者に捧げられるんでしょう？　王族がそこまでして管理する必要は本当にあるんで？」

ん？　聖女が勇者に捧げられる……？

「聖女ね……。可哀想な人だとは思いますわ。アレの女になる為に教育されて、その為に生きてきた女……」

勇者の……女？　なんだ、それ？

アリシア王女が同情の表情を浮かべている。

この世界の連中、マジで勇者を何だと思ってるんだ。

というか、勇者ってどういう扱いだ？

生贄を求める森の神様的なアレなのか？

「ですが、それとこれとは話は別ですわ。王国は【勇者召喚】の儀式の為に多大な準備をしてきましたの。召喚の為の魔石も、揃える道具や魔法陣の整備だってタダではありませんわ。人間を動かすのだって無償じゃない。……そうまでして召喚した魔王を倒す為の兵器を、ただ寄越せと言われて、ハイそうですか、と聖国に引き渡すワケにはいきませんわ！」

タダじゃないんだ、勇者召喚の儀式……。世知辛いな……。

税金かかってるのかな、俺が異世界召喚されるのって。

「まぁ、王女様の意見も分かりますがね。多額の費用を投じて手に入れた人型兵器を……聖女との恋だか、愛だかの類で、勝手に聖国側に付かれたら、たまったもんじゃあない。分かりますよ。俺も騎士団を預かる身ですからね。……経験がありますす」

「経験？」

経験？　と、アリシア王女とシンクロして、俺は疑問符を頭に浮かべる。

「男女は逆ですが……。手塩に掛けて訓練してきた騎士がいましてね。そいつは女でしたが、有能でした。訓練も人一倍、見てやって。装備品類も良い物が必要だろうと高い給料を用意するよう、王に進言して……高待遇を用意してたんです」

「……それで？」

うんうん、それで？

「いざ、大物の魔物を仕留める狩りに出掛けようってなった時に、そいつ結婚するから騎士団を辞めると言い出したんです。……そりゃあ、んなもん、個人の自由ではありますがね。にしたってねぇ、それまでそいつの成長に掛けた時間と金、苦労は……って」

「そ、そう」

うわー……。騎士団長も世知辛いな。

つうか勇者の俺って、それと同じ扱いなの？

「まぁ、とにかくですわ。勇者を召喚する為に王国は多大な費用を出していますの。これは王国の一大プロジェクトなんですわ！」

プロジェクトて。

……そういえば彼等は、日本語で話しているんじゃないんだよな。

翻訳魔法的な？　何かが、そう翻訳しているのか？

「だから勇者は、王国が管理して利用しますわ。魔王を倒すのも当然、王国主導で行いますし、聖国にタダで引き渡す気もない。というよりも渡す気はありませんわ」

ふむ？　聖国というのは、勇者自体を欲しているのか？　何でだろうな。

ああ、いや兵器だからか？　しかも聖女は勇者の女になる為に育てられる？

いや、勇者の扱い的に兵器だから『兵器を操縦できる女』として、聖女を育て、勇者を懐柔する方針の国？　今のところ、俺のスキルに兵器感は無いんだが、そこまでする程の存在だろうか？

王国側としても、多大な費用とやらが勇者召喚の儀式に掛かっている。

勇者は王国の王族にしか召喚できないんだったか？

じゃあ、当然、王国としては勇者を利用したいよな。

何が哀しくて他国の女の旦那を費用込みで呼び出して、兵器ごと渡してやらなければならないんだ、と。

しかし、魔王というものは勇者でなければ太刀打ちできない。

なので、勇者は召喚するしかない。

まぁ、分かって来たが……。

ただ、そこに勇者側に対する事情の考慮が抜け落ちているな。

勇者としては、そこそこの待遇がなきゃ命懸けで魔王を倒す旅とか、訓練漬けの日々とかやってられない。

で、その待遇を勇者が求めた結果が……過去の勇者の振る舞いで、今の王女によるオーク・ゴブリンと同列扱いなのか？

「それにワタクシ、決めていたんですのよ」

「決めていた、何をですかね」

「もちろん、召喚した勇者を……どう処理するかですわ」

お、核心部分が来た。いけいけ、ルイード騎士団長。そこを聞き出してくれ。俺の今後に関わる話だ。

「勇者は王国が管理し、王国が利用する。それは当たり前ですわ。聖国の教養なんてワタクシ達は知った事じゃない。かの国は何の痛みも負っていないのだもの」

「まぁ、それはごもっともですね」

教養、ね。宗教的な国なのか、聖国は？　勇者の待遇を良くしましょう、っていうか、勇者高待遇派みたいな国なのかもしれないな。

……勇者って、性欲オーク扱いなんだよな？

って事は『聖女』って、そういう意味で勇者に差し出す為に育てられて来たような、常識がバグっている、見た目だけで選定された年頃の女の子とかだったりして？　つまり聖女ではなく『性女』、うわー……。

それか、勇者とは白馬の王子様で、理想の殿方なんです、と言いくるめられ続けてきたような子だったりするんだろうか。

勇者の嫁になる為に思想教育をされてきた美女を想像する。

……確かに、兵役を課し、訓練を課してくる王国より、そっちの国の方が勇者の俺にと

って は良いと思えるよな。

そういう狙いの国が聖国か？　いや、それ政治争いじゃねぇか。

「人間の女を性欲の捌け口としか見ない、人の姿をしているだけのオーク……それが勇者。だから、ワタクシが管理し、そして事が終わったら、その悪魔を倒しますの。勇者についての話を勉強し始めた、幼い頃からのワタクシの夢ですわ！」

えー……？　悪魔呼ばわりだし、勇者。

何を夢見ているんだ、アリシア王女！

王女の勇者像をどうにかしたらいけるか、これ？

つーか、過去の勇者、どれだけ評判悪いんだよ！

「まぁ、今回の勇者を見る限り、あれですかね」

あれ？　あれってなんだ、騎士団長。

「精神面や肉体面は、ただの人間と同じ、だとして」

お？　騎士団長、やっぱり話せば分かる奴なのか？

「人よりも優れた力なんてもんを、ある日突然に何の代償もなく与えられちまったら、そりゃあ歪むでしょうな。その力を振るいたくなる。自分は強いんだぞ、と示して暴力的になり、いいなりにする為に女にも乱暴になる。なんせ相手は抗えないと分かる程の力を手にするんですからな。……なんでアリシア様の勇者のスキルを封印して管理しようって方針は正しいと思いますよ」

……何？　勇者のスキルを封印だと？

「当然でしょう。制御できない兵器に価値はありませんわ。だからアレの懐柔をしつつ、必要に応じてスキルの封印を解いていきますの。付け上がるようなら……またスキルを使えなくしますわ」

これ、アレか？　十あるらしいスキルの内、七つが今使えないのって、覚えてないからじゃなくて……。

「強大な力を持つらしいスキルは最低限封じておいた結果、残ったのが今回の三つのスキル、と。まぁ、制御はしやすいですな。教育もしやすいでしょう。しかし、一度封印を解いたあと、再封印はできるもんで？」

「その為の研究をワタクシはしてきましたわ。勇者の運用は、王国の未来を左右するのですもの」

「自信があるんですね。じゃあ、まぁ聞いた限り、今回の勇者様の三番目のスキル【召喚者の加護】とやらも危険は無いかと思いますが、どうします？」

「そうね……」

王女は、少し悩んでから頷き、そして騎士団長に言った。

「今日の午後はワタクシ、アレと話してみますわ。懐柔できる隙があるなら……それを利用するまでですわ」

アレ呼ばわり止めろよな、アリシア王女。

5話　王女の心の鍵

少し話が見えてきた。

まず俺のスキル。勇者と言うには、微妙仕様だと思っていたが、これは、召喚の際に何らかの封印を施された結果らしい。

全部で十個ある筈のスキルの内、王国側が危険と判定するような強力なスキルは全て封印されてしまっているのだ。

口ぶりから、強力とだけ判定して中身はおそらく王女達にも分からないのだろうが……。

封印のせいで俺は異世界に来てチートを貰ってヒャッハー無双！　っていうのができないらしい。

元々無いもんだから、それは良いけどさ。

本来の勇者は、それこそ兵器級の力を持っているのだろう。

王国の懸念もまぁ分からなくはない。

過去の勇者がどこまでやらかしたか知らないが、異世界に来てチートで無双できて……

男なら、まぁ女に走るか。

しかし、それが本当に相手の同意があったり、相手の事情を慮ったりしていたか、という話だよな。

何せアリシア王女は勇者をオーク呼ばわりだし。てか、オークって居るのな、この異世界。会いたくないもんだ。

兵器と言うからには、目の前の人間をいとも簡単に殺したりできる力があるかもしれない。

そんな奴に求められたら……生贄を求める森の神様の前に出された生贄気分だったかもしれないな。

勝手に異世界に拉致られてるなら好き放題してやるぜって気分になるよなぁ。

王女というか、王国の懸念も間違っていない気がする。

異世界人を同じ人間だと思わない、か。

お互い、もうちょっと歩み寄りが欲しい所。

いやいや、しかし、こっちの立場としては『誘拐された被害者』だぞ？　そこは揺らがないだろう。魔王討伐の義務なんて俺には無いワケで。

異世界なんて知った事じゃないのは、やはり前提だろ。

その上、命懸けの旅だというのに、本来あるべき能力も封印されてる、は無い。

安全な力の運用とやらは、勇者である俺が考えるべき事だ。

そこまで管理される筋合いがあるのか？

王国側に不利益になったならという懸念は、そりゃあ分かるけど。


だが、このアリシア王女は、最初から『魔王を倒す為に利用して、事が終わったら俺を処分する』を前提にしている。

……やっぱ無いな。

彼らには彼らなりの言い分があるみたいだが、だったら勇者の力を封印する研究より、召喚する勇者に同意を求める研究とかしろよ。

……いや、それで応じる異世界召喚者は、結局は性欲オークな要求を突きつけるのか？

クソ勇者の一人として言わせて貰えば『魔王を倒してやるから、代わりに女を寄越せよ』と。

そうなった場合、王国の負担は甚大なものになる。

勇者個人に好き勝手なんてされたら困るんだろう。

王国は勇者が善意で魔王退治をしてくれるとは考えてないのか。

俺の方は少なくとも異世界そのものや、そこに住んでいるだけの価値観が違う連中にまで恨みは無い。

兵役を強制され、問答無用で訓練を強制され、死地へ赴くのが当たり前、と言われたら『ふざけんな』と思うぐらいだ。

その辺り、腹を割って話し合った方が良いかもしれないな。

待遇についての相談。そうしたら案外……いや、待て待て。

勇者の召喚には一大プロジェクトと一国の王女が言う程にお金が掛かっているらしい。

ならば訓練が嫌だとか魔王退治が嫌だなんて要望は通らないだろう。

そこだけは絶対に譲れない筈なのだ。でなければ勇者なんて呼び出さない。

じゃあ、その王国側の要求を呑んだ上で勇者側が要望する事は何か？

魔王を倒してやる代わりにお前等は何をしてくれるんだ、と。

それは日々の娯楽、接待、女……。

結果、性欲オーク扱いか。王国にとって不都合な問題を起こす兵器人間。

王国からしたら勇者を完全に管理したいんだよな。

そして研究の結果、勇者の力を封印する術を彼らは持っているらしい。

勇者の力を完全管理した結果、魔王を倒した勇者は迷惑な事を起こす前に速やかに処分する、ね。

……やっぱり、面従腹背しつつ、転送術やスキルの封印とやらのロックを外す手段を探すしかないか。

聖国とやらは女を宛がってくれるらしいが、一番の安全は日本に帰還する事で間違いないしな。

◇◆◇

「勇者様、ごきげんよう」

「ごきげんよう、王女様」

訓練場に現れた王女様が、優雅にお辞儀をしてみせる。俺も、にこやかに笑顔で王女に応えた。

ふふふ。ククク、という腹の探り合いだ。

「聞けば、勇者様のスキルは、ワタクシに関わりのあるものだとか。改めて、ご説明お願いできますか?」

「はい」

さて、王女が目の前に居るので色々と検証だ。

まず転送術のターゲットを騎士団長に向ける。

【ターゲット】ルイード＝クラナス
【装備指定】今、着ている服
【持ち物指定】今、手にしている物
これで、王女の方は……。
【ターゲット】アリシア＝フェルト＝クスラ
【装備指定】今、着ている服
【持ち物指定】今、手にしている物

お？　二人分をターゲットに出来るな。

このまま傍にいる兵士達にもターゲットを向けていく。

ターゲットは……あ、四人目を指定すると王女がターゲットから外れた。

なるほど？　【異世界転送術】のターゲットとしてストックしておけるのは三人まで

しい。

……なんかショボいな。範囲指定で全員とか出来ないのだろうか？

指定がかなり細かく出来る分、限界があるのか？

一度に日本へ転送できるのが三人、という事だ。

……このスキル、やっぱり勇者が元の世界に帰る用のスキルじゃないのか？

自分自身も含めて、日本に二人連れて帰れるとか。

いや、随時送り届ければいいだけの話か。

しかし、三人ね。しかも四人目のターゲットを指定すると最初の一人がターゲットから外れる。

王女は残せるようにした方がいいよな？

虚偽報告したスキルの件もあるし。

一人目のターゲットを王女に固定しておく。

となると、空き枠を一つは残しておくとして、監視するのは基本的に二人までにしておくべきか。

ただ監視用としてばかり使うのもどうかな。

今のところ、俺には攻撃用のスキルとして使えるのがこの転送術しかないのだ。

うーん……。正直、問題なのって王女だけな気がするんだよな。

よほどの事が無い限り、騎士団長が個人の判断で俺を始末しよう、って事はないと思う。まだ印象論だが。

王女を監視しつつ、空きを二つにして敵に対してパッと使えるように練習というか設定をしておくとかが良いかな？

「勇者様？　どうかされましたの？」

「ああ、いや。スキルを使う事自体に慣れていませんので」

「そう？　ふふふ、緊張なさっているのかしら？」

……アリシア王女は凄く微笑んでくる。

アレだろうか。俺が惚れてると思ってて懐柔しようと思ってる？　腹黒王女だな。

まぁ、さておき。

嘘のスキル【召喚者の加護】の設定を詰めていくか。

装備設定の仕方を掴まないとな。どこまで出来るか。

【ターゲット】アリシア＝フェルト＝クスラ
【装備指定】

◇現在着ている服
◇目隠しと耳当て（日本に居る間だけ存在する・戻ってくると消える）
◇白銀の胸当て（装飾華美、戻って来た際に五秒経過して消える）
◇白銀のマント（綺麗な布製、戻って来た際に五秒経過して消える）
【持ち物指定】
◇白銀の盾（装飾華美、戻って来た際に五秒だけ派手な光を放ち、王女の身を守り、消える）
【目的指定】日本で０・００１秒間過ごす
【メッセージ】
『勇者のスキルを封印した事による王女への影響――』

　こんなところか。メッセージは相変わらず意味深かつ意味不明路線だ。後の布石としておこう。

　王女はメッセージを深読みしてドツボに嵌るタイプみたいだし。その王女の反応を探りたいしな。

「では、アリシア王女。いきますよ」

「ええ、勇者様」

「【召喚者の加護】、発動！」

で、第三スキル【異世界転送術】を発動っと。

「えっ⁉」

王女の周りに魔法陣が浮かび、一瞬だけ王女が消えたように見える……が、一瞬で異世界に帰還したので、この程度なら誤差の範囲かな？

そして王女は白銀の胸当て・マントを装備し、いつの間にか盾を手にしている。

その盾が光を放ち、そしてすぐに消えた。

うん。演出的には成功だろう。それっぽい。

問題は魔法陣に心当たりがあるか、とか言われる可能性だな。

「おお⁉」

騎士団長と周りの兵士達が驚きの声を上げた。アリシア王女も驚いているな。

やはりスキルについては詳細を把握できていないのか？　解析系の魔法が無いという話は本当なのかもしれない。

「い、今のが勇者様のスキルですか。不思議な感覚でしたわ」

「俺も初めて使うので驚きです」

嘘だけどな。

「見た感じ、王女様が防具を纏って盾を持っていましたね。それが光を放って、王女を守るようにして消えました」

「そうですね。王女様を守るスキル、でしょうか？」

「ワタクシを？」

王女が首を傾げる。普通に可愛い。

「あまり魔王を倒す旅に役立つスキルとは思いませんが……王女様が俺を召喚してくださった影響ですかね？」

「そうですわね……あら？　……影響？」

「ん？　どうかされましたか？」

「い、いいえ……別に」

反応的にメッセージを見たな。空中を睨みつけるようにしている。やっぱりメッセージは匿名なのか。

こちらを疑うような素振りはなく、ステータスを見てるって感じだし。

だとすると俺は王女に対し、召喚の代償や、スキル封印の影響といった体で、随時メッセージを送りつける事ができる。

それとスキルを組み合わせたら色々とできるぞ。

どうにかして封印されたスキルについて聞き出したいな。

勇者の召喚が王族にしか出来ず、またスキル封印を企てたのがアリシア王女なのだから、一番詳しいのはこの王女だろう。転送術のロックさえ外せれば日本へ帰れるんだ。

「王女様、お聞きしたいのですが」

「え、はい、何でしょう？」

「勇者は十個のスキルを使えるようになるのでしょう？　訓練も良いのですが、そのスキルを修得する事が何よりも勇者である俺を戦力として使えるようにする近道かと思います。過去の勇者達は一体どのようにしてスキルを覚えていったのでしょうか？」

そう問うと王女は一瞬だけ目を細ませ、すぐに笑顔をとりつくろう。

「勇者様は訓練はお嫌ですか？」

「いえ、そういうワケではないのですが」

もちろん嫌だよ？　口に出して言わないけど。

「伝承によればスキルとは、地道な修練の果てに修得するものだそうです。ワタクシ達、王国もしっかり支援致しますので、どうか鍛錬にお励みくださいますよう」

「……そうですか」

嘘じゃねぇか。お前がスキルを封印してるの知ってるんだぞ、こっちは。この王女、やっぱり中身黒いな！

「しかし、今のままでは魔王を倒すような力どころか魔物に対抗する力も無いように感じます。十の内の一つが、王女様をお守りするスキルというのも……王女様を魔王を倒す旅に同行させるワケにもいきませんし」

「そうですわね。ですが、ええ、話してしまおうかしら？」

「はい？」

何をだ？

「勇者様、魔王を倒す旅……その多くの道中、ワタクシは勇者様と共に行く予定なのです！」

うん。知ってる。

「エエ!? ホントウデスカ!?」

初めて聞いちゃったゼ！ みたいな。

「はい。一緒ですね！」

「それは俺は嬉しいですが。でも大丈夫なんですか？」

「いざ、魔王の近くまで行く、といった段になれば分かりませんが……旅路の多くはワタクシが勇者様の支援をする予定なんですのよ？」

「王女様がサポート、ですか。ええと、あの騎士団ではなく王女様が、なのですね？」

テンプレといえばテンプレだけどな。勇者パーティーに王女が同行するってさ。

「はい。勇者様の支援は王族の義務でもありますのよ。なので旅路の計画などは騎士団長と話し合いつつ、ワタクシが責任を持ってお導き致しますわ」

お導き、ってか、兵器の管理責任者みたいなノリだろ。

「それはとても嬉しいです、アリシア王女様！　やる気が出てきましたよ、俺！」

「うふふ、勇者様ったら」

うーわ。中身、俺の不幸どん底計画立ててる勇者打倒計画の主犯がこの笑顔かぁ……。

◇◆◇

午後の訓練は王女の見学のもと、また基本的な剣術の鍛錬だ。武器系は剣術しかやらないのだろうか？

なんかこの地味な鍛錬がひとまず一週間続くらしい。

一週間って。いや、魔物と戦うって言うんだから、そのぐらいでいいのかもしれないけど。

城下町に行ってみたいと申し出たが、勇者が行くと混乱するかもしれないので、もう少し準備を整えてからで、とやんわり断られた。今の俺は王城へ軟禁されてるってところらしいな。

そういうところもストレスは感じる。

何で異世界に呼び出された上、軟禁されなくちゃならないのかと。

もっとファンタジー風の城下町を歩きまわりたい。

なんだかなー。

とまぁ、現環境がストレスだったので、当然そのストレスの発散をしなければならない。

なにせ勇者は性欲がオークで、ゴブリンなのだから。

そして当然、その責任は責任者にとって貰うとしよう。

スキル封印の恨みを晴らすのだ。というか他に娯楽が無いしー。

訓練で疲れてるだろうからいらんだろってか?

大人しく休んでいろと。

どこにも行けないいんじゃ異世界に来た意味が無いじゃないか。

マジで勇者を兵器として見ている感じがするぞ。

本性を知っているからか王女の態度も白々しく感じるし。

とにかく俺は今日の訓練強制のストレスを解消させて貰う事にする。単にエロい事をしてみたいだけである。

さぁ、今日はどうしてやろうかな、アリシア王女。くくく。

◆【異世界転送術】

【ターゲット】アリシア＝フェルト＝クスラ

【装備指定】

◇今、身に着けている衣服

◇乳首ピアス（目を覚ますか、他人が部屋に入ってくると消える。対象の目を覚まさない範囲で性的に的確な刺激を与え続ける）

◇クリトリスピアス（目を覚ますか、他人が部屋に入ってくると消える。対象の目を覚まさない範囲で性的に的確な刺激を与え続ける）

◇淫夢の目隠し（目を覚ますか、他人が部屋に入ってくると消える。対象に『勇者に屈辱的に犯されながら、屈辱を感じながら勇者を受け入れ、悦びを感じ続けてしまう夢』を目覚めるまで見せ続ける。緊急事態以外に目覚めない眠りを六～八時間続ける代わりに、

対象の体力を回復し切る効果）
◇屈辱の髪留め（透明。誰かが気付くか、髪から外れると消える。対象に勇者の事を考えると、軽度の発情状態に陥る状態異常を与える）

これにあとは【メッセージ】を新しく添えて……こんなところかなー？

文字指定した効果を持つ道具が、すべて何もかも実現するなら面白い。

けど昼間の武装とかは文字に書いた通りになったしな。

ローターみたいなピアスは微妙に魔道具っぽく何でもアリ設定だ。

自分の装備をこうやって文字で設定できたらチートなんだけどな。そしたら魔王退治だって楽勝だろう。

過去の勇者はそれを出来たのかもしれないな。

ちなみに見せる夢はアレだ。

アリシア王女的には、勇者は性欲オークなんだから、こんな夢を見ちゃったとしても自業自得と考えるだろうと想定してだ。あと、俺の趣味。

王女の交際履歴については知らないので、処女を守るとかそういう系はメッセージには書かない。

お相手が居るなら居るで別にって気もするが、今のところは俺のストレス発散対象だからな。

転送術なのに、送って即帰還させるばかりだと飽きるかもしれない。

もう少しやれる事があると思うけど、まぁ、それも検証の後だ。

で、これを王女が寝静まるのを監視して待って……。

【異世界転送術】発動！

◇◆◇

「……ぁんっ……」

魔法陣によって、王女に目隠しが付けられた。視認性が高いのは目隠しだけだな。

「はっ……ぁ……」

昨日よりも性的な責めは的確に変わっている。

そのお陰か、王女の反応も良いな。ただし装備に指定した効果が全て適用されるチートっぷりなら……王女は六時間はぐっすり睡眠だ。

まぁ、何かあった場合は目覚めるようにしているけど。

可能かどうかは不明だが、王女は俺に犯されて悦んでしまう夢を見て内面も支配されつつ、肉体は乳首とクリの三点責めだ。

王女に対しては完全に優位になれるように考えていかないといけないしな。

あと、この行為については多分に趣味だ。

なんたって悪魔呼ばわりされる性欲オークだし、勇者って。

「ぁっ……ぁん……はぁ……んっ……」

王女が眠りながら淫らに喘ぎ始める。

着衣の上だが、それもまた良いよな。

王女だけでなく、もっと色々……好き勝手にできる相手を見つけたら、色々と試したいものだ。

ただ、流石に一般人をどうこうってなると抵抗があるので……出来れば悪人を対象にしたいが。

力を振るう為に悪人を望むって思考が歪んでるな。

騎士団長の言うことも王女の懸念も正しい、と。

だからといって、異世界の都合ばかりを考えた召喚人生を歩むのはゴメンだが。

「ぁあっ……！　はんっ……！」

おっ、今のは少し激しかったな。ピアスの刺激が昨日よりも強いのかもしれない。

ははは。良い夢を見てくれ、王女様。

このまま王女が乱れながら寝ている姿をずっと監視してられるな。

今の俺の唯一の趣味・娯楽になるだろう。

「はぁ、……ぁんっ……ぁっ！　……ぁんっ、イクッ……！」

しばらく王女の寝姿を眺めていると……少しだけ激しい動きが見えた。

お？　もしかして今、寝ながら……軽く絶頂したのだろうか？

「はぁっ……！　ぁあんっ……」

と、その時だ。


――【王女の心の鍵】を一時的に解放しました。

――第四スキル【レベリング】を解放。

……は？

何か、気になるメッセージが俺のステータスに表示された。

これは一体、何だ？　王女の心の鍵？　それに、第四スキル？

訳も分からないまま、俺は【王女の心の鍵】という項目をタップする。

するとそれについての説明文が浮かび上がった。

◆【王女の心の鍵】
・勇者召喚の儀式に組み込まれたスキルのロック
・王女が、勇者を心で認める事によって一時的に解放される
・王女の、勇者を心で拒絶する意思によって、スキルをロックする

「…………」

続いて、俺は【レベリング】の説明を見る。

◆第四スキル【レベリング】
・あらゆる鍛錬をレベルシステム化し、評価し、修得するスキル
・鍛錬・戦闘等を単純な経験値に換算し、レベルを上昇させれば、その分の物事の上達・向上が確定する

「これは……」

読んだまま、か？　第四スキルは……ゲーム的だな。

ただ、これがあれば日々の鍛錬も、かなり意義のあるものになるだろう。こんなスキルを封印するなよ。

そして【王女の心の鍵】。

これが、勇者のスキルを封印しているロックか？

まさかの棚ボタでロック解除の手掛かりを見つけてしまった。

……これって、アレだよな？

今、王女は俺が装備させた装備品の効果によって、俺に犯されている夢を見ている。それも、その行為を受け入れて悦んでしまう夢だ。

そして夢の中がソレで、さっき肉体的にも軽く絶頂してしまった。

その結果、この【王女の心の鍵】のロックを無意識下で外してしまった、と。

おおお……。日本へ帰れる目処が立ってしまったぞ!?

まさかの王女の調教がゴールじゃないか？

いや、正面切ってお付き合いを目指して、王女に心を開いて貰うのが正道だろうが。

これはアリシア王女に対して、真夜中の調教と、昼間の交友が、必須かもしれない。

◇◆◇

そして、翌朝。異世界生活三日目だ。

例によって、後に眠った俺よりも王女は遅く目を覚ました。

まぁ、道具の効果によって、ぐっすり眠らされたのかもしれないが。

「……最悪……」

お目覚めの王女が、身動きせずに呟いた朝の第一声がそれだ。

「……最悪。最悪……なんて夢を見てるの、ワタクシ……最悪ですわ……」

最悪な夢ねぇ。それはとても気になるな。

詳しく教えてくれ、王女。一体、夢の中で俺に何をされたんだ？

「んっ、はんっ……！」

一晩中しっかり刺激され続けた影響で、身動ぎと共に身体をビクンと震わせて、感じて見せる王女。昨日よりも、少し派手めに感じた様子だ。

「なんでこんなに毎日……んっ！」

王女の頬は紅潮していて、吐息の度に開く口の中は少し粘性の高い唾液が糸を引いた。

ベッドの上でモゾつき、自身の股間をまさぐる王女。その動きはエロいぞ。

「んっ……、最低、最悪……昨日より酷い……」

何がどう昨日よりも、酷いのかを教えて欲しいな。実況してくださいい、アリシア様！

「えっ」

と、そこで自身のステータスを見たらしい。アリシア王女は目を見開いた。

メッセージボードを見たのだろう。

王女に送ったメッセージは以下の文章だ。


『召喚における代償：勇者から離れ過ぎると、召喚の乱れ・反発により異世界（勇者の世界）へ、一時的に転送される』

『召喚における代償：異性との交わりによって、召喚儀式の乱れを誘発する』

『スキル封印における影響：性欲の高まり』


……この内、スキル封印における影響は、今現在の自分の状態についての一つの答えになる筈だ。

「そんな……」

アリシア王女が、何かを察したように自身の身をかき抱く。

すると、そこには一晩中、刺激され続けた胸の突起があって。

「ぁんっ……！」

まだ身体が昂ぶったままだったのか、王女は感じたような声を上げてしまうのだった。

うーん、可愛いし、エロい。ご馳走様でした！

6話　図書室でひとり過ごす王女

アリシア王女を監視しつつ、頭の中を整理する。
一、勇者のスキルは王女が封印している。
二、俺が日本へ帰るにはスキルの封印を解く必要がある。
三、スキルの封印は【王女の心の鍵】とやらを解放する必要がある。
四、その手段は王女の心を開く事である。
四について、王女に『俺に犯されながらも、それを受け入れて悦ぶ夢を見せて、かつ肉体的には絶頂させた』際に、心を開く事ができてしまった。

……要するにあの瞬間、指定して見せた夢のせいで、王女は不本意にも心と身体で俺を受け入れてしまったのだろう。それでスキルのロックが解けてしまった。

しかし、それはあくまで夢なので目覚めている王女の意識とはまた違う話だ。

「ふむ……」

であれば、俺は日本に帰る為に、スキルの封印を解く為に、王女を調教していかなければばいけないな。

これはチートスキル込みでとはいえ作戦を練った方がよさそう。

毎日、寝る際に調教しても良いのだが……相手は王女だ。

いつも一人で寝ているとは限らない。

王女が一人でない場合、俺はあまり転送術スキルを使用したくない。

バレたら明らかにヤバいからな。

毎日やってたり、また毎回、夢に勇者が出て来るとなると王女とて訝しむだろう。

『人と一緒に居たら変な夢を見ない』と判明したら、対策をとられてしまう。

そうなるとスキルを使うチャンスが減ってしまうな。

王女は少なくとも『勇者召喚の儀式にスキル封印の要素を組み込む』なんていう、どうやったのか俺にはさっぱり分からない事に成功している。

基本的な頭脳などのスペックは、王女や、この国の人間の方が俺よりも優れているに違いない。

彼ら・彼女らは俺に都合のいい馬鹿ではない筈。

なので慢心は禁物だ。事は慎重に運ばなければならない。

慎重に運ぶ気のくせに、二日連続でアリシア王女を弄んだのか？　という問いには答えられない。

それは、きっと俺の趣味だ。男はエロには勝てないんだ。うん。

「どうするか」

表向きは真面目に王国が課す訓練を受けるとしよう。

昨日までの俺と違い、今の俺には第四スキル【レベリング】がある。

剣術なんて明らかに運動神経や才能のあるなしが左右しそうなもの、しかも訓練の強制では、やる気がいまいちだったが……。レベリングスキルがあるならば話は別だ。

成功・結果が約束されているなら頑張れる。

魔王を倒しても勇者を処分するとか考えている王女がおかしいのだ。

このスキルがあれば少しはチートな戦闘力を得られるかもしれないしな。

……そして、だ。

俺は、王女や王国の人間に対して、表向きは真面目に、紳士的に振る舞う事にしよう。

我が身を守る為でもあるが王女の調教にも関わる事である。

何せ、俺の第三スキルは、今回の件で証明した。『わりと何でもありだ』と。
○○ノートみたいなものである。書いた出来事が可能な限り実現するタイプのファンタジー要素だ。

しかも、魔法要素も込みなので『実現不可能な場合は』といった制約も、例のノートネタより、おそらくだが、かなり緩いと思われる。

なんていったって、王女の反応からして、俺の望んだままの夢を見せる事すら出来たのだから。

催眠系の装備だって、装備させられるんじゃないか？

まぁ、今の段階だと危険度の方が高いので催眠系・隷属系の装備は控えるが。

ていうか『即死無効』とか『即死反射』の効果を持つ装備を作るから、それ持って騎士団長辺りが魔王討伐に行けばいいんじゃないの？　それじゃダメなんだろうかね。

まぁ、勇者が不要になった時点で処分という方針だろうから黙ってるしかないんだけど。

自力で日本に帰れるようにしてからでないとな、そういうのは。

……帰れるようになったら、そして、騎士団長が信用できそうなら『即死無効』『即死反射』の効果を持つ装備を彼に残して去れば、まぁ、別に魔王に苦しむ異世界とやらを見捨てたことにはならないだろ。

そうすれば、この世界の問題を、この世界の人間が対処できるようになる。

……あれ、これで問題ないな？　勇者召喚の問題点と魔王問題。

うん。このスキルなら、何も勇者である俺が魔王を倒しに行く必要性はない。

命懸けで死地へ挑む理由なんて俺には無いし。

この世界の連中が勝手にやればいいだろ。

サービスで、善人という事を認証しないと使えないタイプの光のビームをぶっ放す聖剣とか置いておけば良いだろ。そこまでの装備を生み出せるのかは知らないが。

であれば俺にとっては、ひたすらアリシア王女を調教していく事こそが、この異世界のゴールという事だ。

……何このエロゲー異世界召喚。

まぁ、それも勝手に異世界召喚をした上にスキル封印までする王女が悪い。という事にしておこう。

俺の自由を不当に奪う者は敵だ、敵。

今回のアリシア王女は、アレである。

『VRゴーグルを付けられて、ログアウト不可能の仮想空間の中で、ひたすらに犯され続けた』みたいな。

……そんな感じだろう。王女の脳内映像が鑑賞できないのが残念だが。

王女の妄想や想像の中で俺に犯されている夢を生み出しているのだから、完全に作った映像よりも、そっちの方がエロいかもしれないな。

『睡眠の強制』と『指定した夢を見せられる』まで出来るのは、かなり大きい。

なにせ王女は、そのせいで無意識にスキルのロックを解除してしまったんだからな。

そこまでスキルで出来るのであれば、調教系は裏でバレないように進めるのが一番だろう。

表向きの俺は王女に紳士的に接する。できればだが。

勇者の俺の方が紳士的で、勇者をオーク扱いしている王女の方が、裏では勇者に懸想し、性欲をもてあましている。

そんなシチュエーションの方が、勇者を嫌っている王女にとっては、より屈辱的だろう。

『このワタクシが、オークと同類の勇者などに感じるなんて……悔しい！』という奴だ。

大変にそそる。

何故そんな事をするのか？　それは俺の趣味だ。

◇◆◇

そして、異世界生活三日目、午前の訓練の開始時間になる。

「剣術だけでなく、戦闘の基本から色々と、改めてこなしたいのですが」

「おう。少しはやる気が出てきたかい、勇者様？」

「やる気ですか？」

「昨日は、渋々ながら訓練をこなしてるって感じだったぜ？」

「はぁ……」

当たり前だろ。そこら辺、どういう価値観してるんだ？　こっちはいきなり誘拐されてきているんだが。真剣を素振りするだけでも、普通に重いし、しんどくて疲れるんだぞ。

「勇者様だからって、魔物との戦いを舐めてたら……死ぬ事だってあるんだぜ？」

「……そうですね」

何その脅し。そう思うんだったらスキル封印なんてするんじゃないよ。やったのは王女だが。

基本的には『勇者が魔王を倒しに行くのは当たり前』感があるな。

同意も得てなければ報酬も約束されてないんだけど。

勇者だからそうだと言われてもだしな。

伝説の血を引いているワケでもないしさ。

……あれだろうか？　王様みたいに、勇者は同意のもと、異世界に来ているっていう認識なんだろうか。

騎士団長は訓練担当なんだから、俺が魔物との戦いで死なないようにするだけであり、悪意があるのとはまた違うんだろうけど。

しかし、いざとなれば俺を仕留める役目を自覚している。

異世界なんだかなぁ要素の一つだ。

……アリシア王女にしている事がバレたら殺されるよな。気をつけよう。

それはさておき、今日の俺は昨日の俺とは一味違う。

何せ【レベリング】スキルがあるからな。

……このスキルまで封印する必要はあったのか？

いや、指定して封印したんじゃないのか。

三日目の午前は基礎的な訓練を積み重ねていくのだった。

◇◆◇

第四スキル【レベリング】に含まれるステータス内容は、なんか項目がゴチャゴチャしていた。

一通り基礎的な訓練の触りを意欲的にこなしてみた結果だ。

【レベリング】の項目の中に『体術』だの『剣術』だのが現れて、それにレベルが付いている。

ランニングもしたからか『持久力』や『走力』といった項目も出たな。

パラメータ系の要素だけでなく技術系の要素もあるらしいのだが、レベル表記の為、その内部値が分からない。

レベル二になったら、どれぐらいの上昇値なんだよと。体感で分かれと？　プラシーボ効果なの？

とにかく、これで経験値を積めばチート級に様々な事が上達すると見ていいだろう。

これだよ、こういうの。ゲーム要素な異世界召喚。

いやまぁ、地味っちゃ地味なんだけどさ、これもね。基礎パラメータの引き上げは大事だろ。

なにせ俺は一般人なんだしさ。

これがなかったら魔王のところに行く前に普通に魔物にやられる雑魚として死ぬだろ。

……勇者のスキルを封印するの、本末転倒っぽいよなぁ。

それも過去の勇者が性欲オークと認識されてしまったせいか。まったく人の事は言えないが。

「今日は、王女様はお見えにならないのですかね」

「うーん。王女もまぁ、用事はあるんじゃねぇか」

「忙しいのですね、やはり王族は」

たとえば図書室で必死に調べ物をしていたりとか。リアルタイムで頑張っているな。

朝はシャワーを浴びていたようだが、付けていた髪留めは取れてしまっただろうか？

もう少し身体に残りやすい設定にしておくべきだったかな。バレない事が優先だけど。

ちなみに昨日、王女にこっそり装備したままにしておいたのは、

◇屈辱の髪留め（透明。誰かが気付くか、髪から外れると消える。対象に勇者の事を考えると、軽度の発情状態に陥る状態異常を与える）

……だったのだけど。これを装備した状態で会いたかったな。

どういう反応を見せるのか気になった。

まぁ、考えるだけなら会う必要は無いんだが、その様子を見たかった。

「よし、今日は昨日より頑張ったな、勇者様。昨日みてぇな軟弱っぷりだったらどうしよ

うかと思ったぜ、俺もよ」

「……はぁ、ありがとうございます」

経験値は訓練でも入るようだな。各種項目のレベルが二、三上昇した。

ただ、やっぱりレベルが上がる毎に、訓練だけではレベルが上がりにくくなりそうな印象がある。

しばらく訓練をやってみて、基礎ステータスを底上げしておくか。

「騎士団長、魔物の討伐などは訓練中にあったりしますか？」

「おう。勿論、やって貰うぜ。一週間は様子見して……基本がなってないようだったら、そのまま基礎訓練を継続しようかどうかってとこだったけどな。あとは勇者様の頑張り次第ってところだ」

「そうですか」

まったくの無能と思われても困るからな。

勇者リセットするから、お前は要らんと処分される可能性もある。

……これ、第四スキルが解放されてなかったら、早々に詰んでた可能性ないか？

「っしゃ、勇者様、午前は終わりだ。昼食と休憩をしてきな」

「はい。今日もありがとうございました」

「おうよ」

で、騎士団長は報告に向かうのだろうか。

一番、俺との付き合いが長いんだから、一緒に昼飯でも食おうぜとか無いのか？

俺が大人しくしているから別にいいかと思われてるのかな？

◇◆◇

「はぁ……」

昼飯前の王女は、溜息を吐いていた。

何を考えているんだろう？　モノローグが欲しいな。

王女が必死に調べているのは、俺が送った匿名メッセージについてだろう。

アリシア王女は、それに対策を打つ為か詳細を把握する為に、過去の文献に目を通しているのだと思う。

まぁ、メッセージは全て嘘なんだけど。

あれらの文面を王女は信じているのかな？

昨日までの様子だと真に受けていそうではある。

なにせ、性欲が高まったせいで、昨晩は俺に犯される夢を見て心まで開いてしまったんだしな。

「………………」

ん？　王女が、なんかきょろきょろと辺りの様子を窺っている。

誰か来たのか？　ええっと、カメラ移動……出来るかな。

スキルで映し出される映像は、割と感覚操作だ。スマホみたいな操作性だな。

特に図書室には、他の人間の姿は見えない。

……隠蔽魔法で透明な監視が居るとか？

そういう監視が俺に付いている可能性だってあるよな。なんたって王族監視下の危険人物・勇者だし。

王女が人の気配を窺っていたのは、別に誰かの接近を感知したからではないらしい。

何か自身の身体を、腕を交差してきゅっと抱き締めている。あの仕草はなんだろう？

なんか色っぽく見えるな。

「はぁ……。最悪……嫌な夢を見るし、体調だって……アレを召喚してから、たしかに変だわ……」

アレて。それは、オレか。

「はぁ……」

あれ、なんか溜息ついているけど、これ……。

俺は気になったので王女の髪の毛に映像をズームアップし、くまなく探してみる。透明な髪留めとだけ設定したが……どう透明なのかまでは煮詰めていない。

ガラス製品のような仕上がりになっているかもしれないからな。

……と、思ったらビンゴだった。

王女の綺麗な金髪には透明なガラスのような髪留めが付いている。

あれは、アリシア王女に装備させた【屈辱の髪留め】なんだろうな。

しかも王女は夢だの、なんだの口にした。その夢に出てきたのは俺なので……王女は『軽度の発情状態』に陥る条件を満たしている。

そう気付いて、よく観察してみると王女は少し頬を染め上げていた。

その上で、もぞもぞと、足をすり合わせてみたりしている。容姿はホント可愛いな、この女。

「あんな夢を見たせいで……最悪……最悪……」

最悪と呟きながら、本を調べる手を止めて、王女はもじもじとしている。これは、アレだな。

・王女が、夢の事を思い浮かべる。
↓
・夢の内容は、俺との行為なので【屈辱の髪留め】の『勇者の事を考えると、軽度の発情状態に陥る状態異常を与える』という効果が発生する。
↓
・発情してしまった王女が、夢の内容をリフレインしてしまい、身体が常に軽度の発情状態になってしまっている。

……という、無限ループをアリシア王女は発生させてしまっているんだろうか？　そのせいで、ああして身悶えして顔を赤くしてしまっていると。

そう考えると、けっこうエロい表情に見えてきた。

「最悪……あんなの……アレはワタクシが倒すのよ……最悪……」

夢の中で強制とはいえ、スキルロックを解除してしまう程だったワケだしな。

俺が思うよりも昨晩の行為は、王女に影響を与えているのかもしれない。

……加えて言えば、現在進行形で継続デバフも掛かっているしな。

とりあえず俺を倒すのを前提にするのをやめろっての。

「んっ……はぁ……これ……でも、どうすればいいの……。こんな状態……知られたら危険だわ……」

え、危険なの？　ああ、いや、王女だしな。

『アリシア王女が強制的に発情状態を持続しています』なんてバレたら……悪い事考える男とか居そうだもんな。俺とか。

王女って貞操観念は強いのか？　加虐趣味って何だろうな？

人を鞭打って悦んでそうとか思ってたんだが。

「アレの懐柔を続けなくちゃいけないのに……こんな状態で出て行けない……昨日までは、そこまで……。ま、まさか、だんだん強くなるの……!?」

んー？　強くなるって何が？　性欲か？

あ、分かったぞ。王女は、きっと今日も勇者の俺の前に顔を出す予定だったんだ。

何せ勇者である俺はアリシア王女に一目惚れした設定だからな。

それを利用しない手は無いという思惑があるのだろう。

兵器勇者の管理責任者だし。スキル封印も本来の様式では王女が解く必要がありそうだしな。

そして、俺の前に顔を出す事を考えた王女は、やはり【屈辱の髪留め】の効果で発情してしまい、そして昨晩の夢を思い出してしまっているのだ。夢での調教……けっこう効くのか？

……あ、怖いこと考えついた。

王女に見せる夢の体感時間まで設定したら、寝て何十年も夢の中で過ごした後、起きたら一日しか経っていませんでした、というパターンだ。胡蝶の夢だな。

……廃人化しそうだから、これは危険だな。却下だ。

【王女の心の鍵】の詳細が分からない以上、王女の精神は壊さずに堕ちて貰わなければならない。

「……はぁ……」

お？　王女が……赤い顔の、ぼぉっとした表情で……視線を落とす。

視線の先は……王女の下腹部だ。おお？　まさか、自分で慰めるのか？

アリシア王女は、図書室に誰もいない事を確認すると、ゆっくりと足を開く。

「…………」

そして、そのまま夢遊病のように手を股間に伸ばしていく。

おお。カメラアングル！　カメラアングル変えないと！

王女はスカートもしっかり穿いているが、その上から手を股間に移動させた。

よな。

性欲が高まっているという設定を鵜呑みにしているんだから、そりゃ処理しようとする
そして、ゆっくりと自らの秘所を撫で始めた。おお……。なるほど。

「はぁ……ん……」

「……ぁ……はぁ……ぁ……」

午前の訓練の間中、アリシア王女は、自分の性欲について悩まされていたらしい。

思い込みの効果だけじゃなくて、デバフの影響もあるからな。

ドツボに嵌り、どうにもならなくて興奮してしまったと。

「……はぁっ、んっ、はぁっ……」

王女は誰も居ない王族専用の図書室で、大きく足を開く。

そして、穿いているスカートを片手で少し捲り上げ、もう片方の手で下着の上を撫でた。

「んっ……はぁ……」

股間の先の……突起を、柔らかく、ぐりぐりと刺激し始める。

「んんっ……」

発情状態で我慢できなくなったのか、高まった欲求を鎮める為の行為か。

「んっ……くっ……はぁん、ぁっ、あぁん……」

段々と、指の動きは、ゆるやかなものから、激しいものへと変わっていく。

「んぁっ、……はぁん、あっ、あぁん……」

図書室は静かだ。王族専用なので出入りはなく、隠れて行為を行うのに向いていた。

……自室に戻った方がいいだろう、とも思うけれど、アリシア王女としては朝から、ずっと自らの身体を持て余していたのかもしれない。

昨晩に見てしまった強烈な印象を残した淫らな夢。

そして自身は、封印の影響で性欲が高まるものだと思い込んでいる。

更にアイテム効果によって、実際に発情を余儀なくされてきたのだ。

なので、この行為は必然的なものだった。

「んっ、んっ……ぁ、あっ、ぁ、ぁん！　ん、んんっ……！」

下着の上から動かして指をより的確に、そしてより激しくした刺激の先。

王女は、開いていた足をビクンと震わせ、更に少し開く。

腰もほんの少し浮かせ、股間を前に突き出してしまう形。

そして、背中を、少しだけ反らせて、目を耐えるようにぎゅっと閉じ、そして顔を上に向かせる。口も、快感に耐えるようにぎゅっと閉じていた。

「はぁっ……！　イッ……く……んっ！」

王族と王族の許可した者以外、立ち入る事のない、静かな王城の図書室の椅子に座りながら……王女は、自慰をして、果ててみせた。

「はぁ……はぁ……はぁ……」

激しくはなかった。だが、確かに王女自らの手で昂ぶらせ、そして最後まで自慰を続け、果てる瞬間も分かりやすく伝わった。

そう、見ている俺にとっても分かりやすく、王女はイッたのだ。

「はぁ……はぁ……」

やがて王女は、手を近くの机の上に伸ばし、上半身ごと机の上につっぷした。そして呟く。

「……最悪……最悪よ……。アレは……絶対……ワタクシが倒すわ……」

何故、そこでアレを倒す発言が出て来るのかな?

えっ、もしかして今のオナニーの妄想ネタ、俺だったの？

そりゃ、装備に俺の事を考えると発情するように指定したけどさ。

うーん。王女のモノローグを聞くスキルとか無いかな。

「最悪……」

王女は、しばらく『最悪』と呟きながら図書室で絶頂の余韻に浸りつつ、息を整えていた。

そして俺は、昼食を食べ終わる。

なんて言うか……ごちそうさまでした。

7話　装備品のランク付け

「ふぅ……」

さて、さてである。我がスキルを絶賛したいところだが賢者になった俺は頭を冷やした。

何故、賢者になったのか。

それは勿論、中身はともかく、あれだけ可愛い容姿をしている王女が、俺を想って致している所を丸々見たのだ。こちらも抜かねば無作法というもの……。

というワケで賢者になった。

すると、これから王女に何でもしてやれるぜ！　という頭が少し冷えた。

冷えた頭で考えるに、このスキルには問題があるだろう。

現段階の俺が得たスキルの情報だけで考察していく。起きる問題は、まず『矛盾』だ。

【何でも貫ける槍】と【どんな槍をも通さない盾】を生み出した場合、どうなるのか？
一、先に出した装備の効果が優先される。
二、後に出した装備の効果が優先される。

三、効果が矛盾する場合、両方共、破壊される。
四、そもそも、そこまで万能の付与効果を与える事は、このスキルでは出来ない。
パッと考え付く範囲で、ここら辺はあるよな。

槍と盾をぶつけてみた場合、どちらが優先されるかによって話が大きく変わる。

例えば、うっかり【無限に増殖する○○】なんて生み出したとして……その装備を消したり出来なかったら？　災厄そのものとなって最悪、勇者が世界を滅ぼしてしまうだろう。

今回、王女が付けている髪留めには『透明』と指定したが、その透明範囲の詳細までは設定していない。

つまり、あの髪留めは、俺の『透明』という設定に対して、詳細を決めていない要素を自動補完して作製された事になる。

この自動補完部分が、強力な道具を生み出す際に、俺自身の致命傷になりえないか？という懸念である。

これまた、うっかり【永遠に○○する○○】系の道具を生み出してしまい、それが俺に牙を剥いたら？　胡蝶の夢案と同じだよな。

取り返しがつかない事態は事前に可能な限り避けるべき。

【絶対に狂わないように永遠に苦しめる拷問道具】とか作って、それが消せないと怖いだろう。

消してしまいたいのに消えない装備は怖い。

抑止力というか、俺なりのセーフティー案を考えるべきだと思う。

今まで見つからない為に消える設定をしていたが、安全性の部分でも考慮を入れるべきだろう。

「……あれ？」

ちょっと思いついた。ていうか、まぁテンプレの一つなんだが。

『魔王って過去の勇者なんじゃないか？』という疑問だ。

勇者として召喚されたのは俺一人ではなく、また同時に複数人召喚されるケースもあるという。

すると過去の勇者は、俺と同格……否、スキルロックされている俺よりもチート性能を誇っていた可能性が高い。

じゃあ、何故、魔王は未だ、この世界に脅威をもたらしているんだ？

だって、こんな事が出来るならば、やりようがあった筈だろう。

魔王を永遠に封印する事は、過去の勇者にならば出来た筈。

出来なかったのならば【絶対完全抹殺】とかした筈だけど、百年単位で勇者の力が弱まるとか……。

そういった懸念だけでなくだ。

例えば過去の勇者が『不老不死』『即死魔法付与』とか、そういった俺ツエー最強要素を、自分か物に設定した結果、それが魔王として扱われている可能性は無いだろうか？

効果がキャンセルできなくなった装備品が、結果として災厄化したケースだ。

ギリシャ神話あたりにもあったよな。

女神様が、気に入った人間の男と添い遂げたいから【永遠の命】を与えて！　って奴。

その結果、どうなったか。

男は確かに永遠の命を手に入れたが、永遠の若さまでは与えられなかった。

結果、男はどんどんと年老いていき、女神から興味を失くされるが……死ぬ事ができなくなった。つらい話である。

はたまた前例をもって【不老不死】を設定した別の女神様のお気に入りの男は、どうなったか。

その人間を不老に保つ為には、永遠に眠らせ続けるしかなく、男は若いまま永遠に眠り続けた。つらい話である。

この【異世界転送術】は、そういった問題を引き起こしかねないのだ。

何せ俺が干渉したワケではない自動補完部分がある事は既に証明されてるからな。

自動補完部分がプラスに作用する内は良い。

そのお陰で王女の自慰を鑑賞する事ができた。ありがとう、スキル。

だが、自動補完部分が、不死だが【男は老いていく】とか。

不老不死だが【男は永遠に眠ったまま】……といった取り返しのつかないことになりかねない。

過去の勇者が、何かに不老不死を設定した結果、【別にずっと起きたままとは言ってないよね？】とか【別にずっと正気を保てるとは設定してないよね？】と、百年周期で眠り、目覚めては即死魔法を振り撒く災厄化した可能性は捨て切れないな。

なんか魔王が土地を枯らすとかも怪しくないか？

不老不死の新陳代謝の為に周囲の資源を枯らしている可能性とかあるよな。

矛盾を起こした場合、装備品がバグる。とかもあるかもしれない。

そして、そのバグがスキル使用者である勇者にフィードバックするとかの危険な可能性もあるよな。

この過去の勇者が、スキルについて何らかの失敗をし、魔王化したケースは……まぁ、あったかどうかはともかく、他人事ではない。失敗したら俺がそうなるからだ。

現段階で俺よりも優れていた筈の過去の勇者が、何故か魔王を完全封印できていない。

ここに何かしらの落とし穴が潜んでいるとみるべきだろう。

過去の勇者より俺の方が優れたスキルなんだぜ！　とは思わない方がいい。上には上がいる筈だ。

その上の存在である過去の勇者が失敗？　したのだ。何かが抜けていた。

魔王の復活する世界を残してしまった。

そして先輩勇者は性欲オークなのだ。見習いたい。


矛盾する槍と盾を作製して、どちらかの効果が負けるのであれば、生み出した道具は『絶対的な効果ではない』という証明をしてしまう。

道具に絶対性は無い。するとどうなるか。

調子に乗って無敵だぜ、ヒャッハー！　とかしてたら普通に魔道具としての格が、この世界の魔法より下で容易に破壊可能であるケースだ。さっきの不壊の場合とは真逆だな。

何せこの第三スキルは、王女判定では『強力ではないスキル』なのだ。

今のところ、その王女を好きに出来ているけど。

それは王女が気付いていないだけであって、気付かれると普通に個人の魔法耐性で装備を破壊！　よくも勇者め、やりやがったな！　今すぐ殺す！　といった可能性が出て来る。

いかんいかん……装備の耐久性・耐性、そして『装備』対『この世界の住人の魔法力・抵抗力』の検証抜きに下手は打てないだろう。

気を引き締めよう。今の俺は何だ？　勇者か？

違うな。今の俺は、未来のロボットにチートアイテムを与えられたメガネくんだ。

チートアイテムで無双している内は良い。

だが、彼はその後でどうなる？　だいたいが失敗する。ほぼ全て失敗する。

因果応報が待っている。

失敗した上で、道具を奪われて、逆に自分がそのチートアイテムの餌食になるのがテンプレだ。

そして俺は今、調子に乗った後だ。勝って兜の緒を締めなければならない。

俺の場合、そのしっぺ返しは即ち死である可能性が高い。

何せ騎士団長様は最初から俺を殺す事も任務の内と考えているのだから。

セーフティー案としては、必ず装備を消すように設定しておくとか。

弱点とか、とにかく効果キャンセル機能を設定しておく事だな。

絶対・永遠・無限・完全……とかいった強い言葉は設定しない。

後が怖いからな。あまり強い言葉を使うなよ。

バグった場合、代償を負うのが俺自身であるケースは避けなければいけない。

安全性重視の道具を作っていこう。

そういった道具の安全性を考慮した脆弱性……専門用語でどう言うのか知らないが……を道具に付与しておきたいが、いちいち設定するのが面倒でもある。

なので……ひとまずは、作製する装備品に【ランク評価】制度を与えたいと思う。

最上位のランクを【SSS】とする。

そして、この装備は一種類だけ。

【勇者が生み出した装備・道具の、ランクが下のもの全てを無効化する】といった道具を作る。否、いつか作る事を想定しておく。

そして、これから生み出す装備・道具の全てに【SS】以下のランクを設定しておき、いざとなったら【SSS】ランクで、打ち消してしまおう。

つまり、自身の能力に対する抑止力だ。

神と神が対決したら、より高ランクの神の効果が勝るシステムである。

【SSS】ランクアイテムには抑止的な効果しか付与しないと、自分の中で決めておく。

また装備品について誰かに気付かれるのは、かなり危険だ。

普通に対人戦となると役に立たない……なんてケースで誰かと敵対するのは目も当てられない。

勇者の仕業である事をいとも簡単に見破られ、即処刑が待っていてもおかしくない。

これは……【召喚者の加護】で検証できるよう、アリシア王女に公式に依頼しようか。

……ちょっと性急過ぎるか。スキルの検証はしたいが王国側に警戒されても困るしな。

◇◆◇

「ごきげんよう、王女様」

「……ごきげんよう、勇者様」

三日目の午後。アリシア王女は、にこやかに微笑んでくれる。

おお、なんて美しいんだ……と言わんばかりに、まじまじと観察した。

髪留めは付けたままかな？　確かめたい。

そう言えば、軽度の発情状態と設定したのに、王女が昼に自慰を我慢できなかったのは、継続デバフのせいなのか。

それとも軽度という言葉に対して、かなり王女には効果的だったのか。

……効果指定についても言葉・文面って曖昧だよな。

絶対・永遠、といった文字だけじゃなく『強い』『弱い』『重い』『軽い』の加減も曖昧だ。

……実は今まで、王女にしてきた行為は、けっこう強めだったのかもしれない。

だって、あれだけ自信満々に？　していたスキルのロックを解除してしまっているし。

昨晩の夢の中で、王女は俺に何をされたのだろうか？　その夢は、王女にとって、その後の妄想にも使える程の強烈なネタだったのか。興味は尽きないな。


「どうかされましたか、勇者様？」

「ああ、いえ。申し訳ありません。アリシア王女に見惚れておりました」

「まぁ、勇者様ったらお上手ですわね！」

ニコニコ。フフフ。ククク。社交辞令って大切だ。

「王女様。鍛錬をサボるつもりなどはないのですが……」

「ええ、何かしら、勇者様」

「城下町に行くのは、市井の民に迷惑が掛かるかもしれないのですよね？」

「……ええ。勇者様は鍛錬も未だ不十分です。荒くれ者の冒険者などが、勇者の力を試してやる……などと絡んできた際、勇者が敗北しては民に不安が広がります。勇者とは力強き英雄でなくてはならないのです」

スキルロックしておいて言うことか？　勇者召喚は一大プロジェクトとか言っていたし、城下町とかに広告を展開しているのだろうか？

……やってそうだよな、この異世界の場合。

勇者は、颯爽と王城から出立し、魔王討伐へ向かった、が望ましいんだ。

城下町の酒場で酔い潰れたとか、色町でやらかした、とかいった要素を王国は望んでいない。

「代わりというワケではありませんが。王族専用の図書室とやらの利用を認めては貰えませんか？」

「……」

ピクリと王女の眉が動く。些細な変化だ。

ポーカーフェイスだな。とても昼に我慢できなくなっちゃった王女とは、ハハ。

「それはまたどうしてですか、勇者様」

「はい。鍛錬と共に……過去の勇者が、かつて、どのように魔王を倒したのか。そういった記録があれば、戦いの備えになりましょう。また過去の勇者のスキルについての詳細が分かれば、それを覚えるものと想定した鍛錬だって考えつくかもしれません。……やはり魔王、そして勇者。魔物についても。そういった知識の有無は、魔王討伐の成否に関わってきます。……王女様。自分は、勇者としての責務を果たす為、全力を尽くしたいのでございます」

「まぁ……」

アリシア王女は、俺を値踏みする。無論、表情は整えたままだ。

昼にしていた行為を知っているせいか、少し色っぽく感じる。

「流石は、勇者様ですわ。とても素敵な考えです！　ワタクシ、感動しましたわ！」

と、王女が、手を合わせ、頬を染めながら俺を見つめてくる。

くっ……可愛いだと……悔しい！　でも……って俺が堕ちてどうする。

ていうか、発情効果残ってないか、これ。

一応、一度すっきりしたから自制心が働いてるのかね。

「ですが……ええ。そうですわね。あの図書室の利用ですか……」

「はい」

俺の懐柔という目的が王女にはある筈だし、あまりにアレもダメ、これもダメと言えば

どうなるかぐらいの察しはつくだろう。まぁ、どうしても図書室を利用したいワケではないが過去の勇者のやらかしとかについては知りたいところである。

「……ワタクシの一存だけでは決めかねますわね。一応、お父様に相談してみますわ。勇者様が、やる気を出してくださっているのですから、前向きな返事を貰えるようにワタクシも努めますわ。ええ、ワタクシ達は勇者様を全力で支援させていただきますわよ！」

「ありがとうございます、王女様！」

全力でサポート（スキルの封印をしながら）、という奴ですか。自慰王女め。

スキルの効果に色々と感謝だな。外面で騙されていたところだ。

「いやぁ、騎士団長様。王女様は、お優しい方ですね！」

ニコニコしながら俺は騎士団長に話し掛ける。

「……ああ、そうだな」

……何、ちょっと複雑な表情してるんだよ。

おい、ここで俺を騙してる罪悪感に苛まれるとかはやめてくれ、騎士団長。

ちょっと騎士団長の好感度が上がってしまうだろ。

俺だって別に、ただの善人にまでやり返してやりたいワケじゃないんだからなっ。

「そう言えば、同様の案件なのですが」

「ええ」

「この世界の常識等について教えていただける相談役を付けてほしい旨を、初日に国王陛下に打診したのですが」

どうなったの？

「それでしたら、当然ワタクシが承りますわ！　何なりとお聞き下さい、勇者様！」

えー……？　それ、絶対、俺に都合の悪い事は教えてくれないパターンの相談役だよな！

「はは、ありがとうございます、王女様」

「いいえ。これからも頼ってくださいませ、勇者様」

ハハハ。ウフフ。水面下での腹の探り合いですな！

◇◆◇

という事で、午後の訓練を終えて、自室に帰ってきた。勇者、へとへとである。へと勇。

今日は、第四スキル【レベリング】の為に色々と頑張ったからな……。

レベルが上がった後は、疲れなくなったりするんだろうか？

とにもかくにも風呂に入る。風呂は部屋に付いているものだ。

……つうか、有難い力なんだが、第四スキルはやっぱり地味だよな。

まぁ、ゲーム序盤みたいな今は弱いし、雑魚いので仕方ないかもしれないが。

リアルな鍛錬・訓練は辛い。体育会系じゃないんだぞ、俺は。

今、俺が頑張れているのは【レベリング】の為が半分。ちょっと好奇心や興味が入っている。

もう半分は強制的な事なのでストレスになっていた。

だから、その半分のストレス発散はアリシア王女に向けるのだ。

……色々と考えないといけないいんだけどな。

まず、この世界の魔法について把握したいところだ。

騎士団長は、攻撃だけの技術と言ったが……透明化魔法とかがあるとしたら、それもまた攻撃技術だろう。

そして透明になれたりしたら、俺には監視が付くのかもしれない。

……まぁ、杞憂だったら、それで良いんだが。異世界だしなぁ……。

魔法や召喚術といった、俺の知らない技術については詳しく知っておきたいよな。

そうするとスキルによる細部設定が捗るし、スキルとこの世界の人間、どちらが強いのか？　についても分かる。

あ、【召喚者の加護】の耐久テストとか提案したら受け入れられるかな？

とにかく、とにかくだ。状況を整理する。

転送術でアリシア王女に伝えたメッセージは以下、三つ。

『召喚における代償：勇者から離れ過ぎると、召喚の乱れ・反発により異世界（勇者の世界）へ、一時的に転送される』

『召喚における代償：異性との交わりによって、召喚儀式の乱れを誘発する』

『スキル封印における影響：性欲の高まり』

これは、俺自身にも課せられた悪戯のルールである。

や、別に破ってもいいんだけども。

しかし、王女に『何だ、このメッセージは無視しても良かったのですわね！』とか思われてしまうと、こちらの優位性が落ちてしまう。

それは面白くないだろう。いざという時、このメッセージがルールとして機能するかしないかは重要問題になる。

なので、この三つのメッセージはルールとして俺も守る。

王女を監視して、誰か男とヤり始めようとしたら、日本へ強制転送だ。

なぁに、アリシア王女だって俺を許可なく異世界に拉致ったんだから、逆をされても文句は言えまい。いや、言うだろうが。

なので、ルールを守る為に俺は……今日もアリシア王女の性欲を高めなくてはいけない。

うーん……完璧なロジック！　つまり、アリシア王女にエロい事をするのは合法！

……というのはさておき。

毎回、同じ責めだと、俺が飽きてしまうかもしれない。

何せ、俺は見ているだけなのだ。

調教的にはアリだし、よく考えるとエロいが、いくら夢の中で王女が俺に犯されていてもな……。

直接、会いに行くのはリスクが高いだけだし、無い。

そう、リスクだ。

連日、自分の身に異変のような事が起きていれば、対策を考えられてしまう。

対策の結果、転送術を使えない場面が続けば、俺の目的は達成できない。

行き着く先はバッドエンドの可能性もある。

それは避けなければならない。

なので……不規則、ランダムな感じでアリシア王女を責めたい。

つまり今日は、アリシア王女に何もしない、休憩日にした方が良い、という考えだ。

どうしたものかなー。でも、他に楽しみないしなー。

大人しく寝ろよ、ってか？　それも勿体無い。

あと急ぎじゃないなら、やっぱり監視を増やすか。

しかし連日、ほぼエロ目的で使ってるせいか、騎士団長とか男を監視したくない……というジレンマがある。

まぁ、勇者殺害を騎士団長の独断でやるとは思えんけど……あ、でもあるのか？　クーデターを画策してるとかな。……そういうのは【人物紹介】で教えて貰えるか？

一度、どう足掻いても悪人のような人物に会って、第一スキルがどう反応するか確かめた方が良いかもしれないな。

◇◆◇

「はぁ……」

と、アリシア王女様は……おっ！　風呂タイムだ！　今まで鍛錬中に入られてて、なかなかじっくり見れなかったんだよな。

アリシア王女が脱いでいく光景もじっくり眺める。

まぁ、全裸はすでに鑑賞済みだが、起きて動いている時とはまた違うしな。

ていうか、王族の人って、一人で服を脱いで、一人で風呂に入るのか。

高貴な装飾、華美な部屋だが……。そういうの、世話係か何か付いたりしないのかな？

それともシンプルに王女の裸など、女であろうと侍女などには見せたりしない価値観か？

俺達と変わらない価値観なだけかもしれないけど。


「ふぅ……」

【屈辱の髪留め】は……お？　付いたままだ！　じゃあ、午後の鍛錬中、ちょっと顔が赤く見えたのは俺の気のせいではなく、やはり軽く発情していたのだろうか？

一回すっきりしたから我慢がしやすかったのかもしれない。

俺の鍛錬を眺めながら、俺の事を考えてなかった可能性も勿論あるが……どうかね。

カメラアングルを変えて、見たい位置から、アリシア王女の裸を眺める。

なんていうか……肉体的にもハイスペックだよな。

王族だからってだけでこう整うとは思えないんだが、体型維持の努力とか、やはりしているんだろうか。

「んっ……」

王女が……敏感な部分をタオルで擦ってしまうと、声を漏らした。身体の軽度な発情は、チラホラとあっただろうしな。やはり敏感になっているのか。

「……アレを倒すまで、ずっとこうなのかしら……」

またオレなアレか。いや、まぁ召喚して間もないもんな。

そりゃ、ずっと考えても不思議じゃないタイミングか。

ふむ……。王女に気付かれないよう、現状を維持する為に、休息を挟ませたいのはあるんだが……。

やっぱり、昨晩と同じ事をした場合、他のスキルロックが外れるかどうかの検証はしたいんだよな。

だが連日、勇者の夢を見せるのはちょっとなー。

時折、喘ぎ声のように聞こえる吐息を漏らしながら、王女は身体を洗い終え、入浴を済ませる。で、最後に入浴を終えて、髪を洗い流しているところで……髪留めの存在に気付いた。

「あら？」

しかし気付いた時点で髪留めは消えてなくなった。

「……何か付いてたのかしら？　誰か教えてくれれば良かったのに」

ほぼ一日、付けていたなぁ。発情お疲れ様、アリシア王女。

◇◆◇

「んっ……はぁ……んっ……」


……まぁ、というワケで、だ。

色々と考えたけど、やっぱり今日もアリシア王女に悪戯する事にした。

いや、あんな色っぽい入浴シーンを見せられると興奮してしまいまして。今回の設定は、こう。


【装備指定】
◇現在、着ている衣服
◇純愛の目隠し（目を覚ますか、他人が部屋に入ってくると消える。対象に『勇者と純愛を育み、性交をする夢』を見せ続ける。【手淫の腕輪】【揺れるステッキ】と連動し、対象を絶頂に導く。緊急事態以外に目覚めない眠りを六〜八時間続ける代わりに、対象の体力を回復し切る効果。ランクB）
◇手淫の腕輪（両腕用装備。目を覚ますか、他人が部屋に入ってくると消える。寝ている対象自身の手で、自慰行為をさせる。ただし、対象自身を深く傷つける事は出来ない。また【純愛の目隠し】の夢の内容とリンクし、夢の中で果てる瞬間に合わせて、必ず対象が絶頂するように導く。ランクC）
◇忘夢の首輪（目を覚ますか、他人が部屋に入ってくると消える。対象がその日見ていた夢の内容を自然に忘れさせる。※完全に夢の内容を忘れてしまうワケではないが、起きた瞬間に明確に覚えているような状態ではなくなる。代償に【王女の心の鍵】のロックを外したくなるような精神状態に導く。ランクA）

【持ち物指定】
◇揺れるステッキ（目を覚ますか、他人が部屋に入ってくると消える。手持ちサイズの小杖。【純愛の目隠し】の夢の内容とリンクし、振動の強弱を決め、夢の中で果てる瞬間に合わせて、必ず対象が絶頂するように導く。ランクC）

【目的指定】絶頂する。または目を覚ますか、アリシア王女の部屋に何者かが接近する。

まぁ、こんな感じだ。要するにバイブを使った強制オナニーである。

三点責めもエロいんだけど、見ているだけの俺としては動きが少なくてな。

王女は、三点責めでも悦べているかもしれないが。

そして、今回は、すぐに帰還ではなく、ちょっと向こうに留まってもらう事にした。

で、転送先の部屋なのだが……日本のワンルームだな。

バレたくはないが、もう少し情報がある場所に送ってもいいかもしれない。

「はぁんっ……」

王女は、初めてのバイブオナニーを堪能していらっしゃる。

まぁ、自覚はしていないのだが。

色々と実験性が増してきていると思う。

まず、寝ている王女の手を思ったように……というか、まぁ、夢というものに連動させた、ある意味で本人の意思なのだが。……で、動かせているな。

これ、下手をしたら自動人形化とか出来るんじゃゃ……こわっ。

相変わらず、やれる事が莫大過ぎて、色々としたくなるが……問題があった場合を最大限、考えないと危険なんだよな。

俺に対して心を開く方向性を刷り込みつつ、昨晩のロック解除の再現性をテストする。

また、直接的に【王女の心の鍵】のロックを外すように指定してみた。

これでロック解除できるなら拍子抜けな所があるな。いや勿論、それがベストなんだが。

「あっ、ぁんっ、ぁあんっ……」

相変わらず喘ぎ声がエロいな……。声も通ってるんだよなー、アリシア王女。

今回は、絶頂する事を目的指定に入れてみた。

ちょっと見ているだけだと、王女がイッたか分かり辛いところがあったりするからな。

日本のワンルームで、目隠しと首輪をしてバイブオナニーに興じる異世界の美少女の完成だ。

背景が日本なのが、また……ミスマッチで逆にいいな。

この映像、録画とか出来ないのかな？　完全に本来の目的として使ってないが、転送術。

「はぁっ、はぁっ、はぁっ……」

アリシア王女は、身をよじり、片手は胸に、片手は股間にやる。ちなみにステッキが刺激しているのは股間ではなく、胸の方だった。そっち派なのか、そもそも手に持っている物を王女が認識しておらず、指定されたように動かしているだけなのか。

「ぁっ……、ぁあん、はぁ……んっ、んっ……」

今回は、継続デバフ系はなしだ。王女には昼間、しっかり休んで貰う。

また夢の内容も忘れさせる方向性だ。

ちょっと昨日の夢が強烈な印象を残し過ぎたかもしれないからな。

毎回、キツい内容ではなく、緩急をつけて責めていきたい。

夢の内容を忘れさせる事が出来た場合、また『それが夢だから忘れさせる事が可能なのか』『記憶そのものを奪うような道具』すら作製可能なのか。

……こっわ。記憶を消して、また元に戻せるかも不明だから、絶対やってはいけない奴だ。

「んっ……くっ……はぁん、あっ、あぁん……」

お？　バイ……【揺れるステッキ】を今度は股間に宛がい始めた。

ああ、夢の中とリンクしているから、責める場所が変わったのか。

こっちの世界にも、そういう道具ってあるのかな？

「くっ、あっ……あっ、くうっ……くっ、はぁんっ……」

だんだんと昂ぶっていくアリシア王女。

うん、昼間の行為を見た時も思ったが……こっちの方が見ていて分かりやすく、凄く良い。

行為には拘りが必要だな、これからも。

「あっ、あぁっ、あぁんっ……あっ、あぁッ」

段々と激しい動きになっていく。開いた足をカクカクと震わせ、腰を浮かせて、アリシア王女はやがて……。

「あんっ……、あっ、あぁ……んっ、んっ、イ……クッ……！」

その身体をのけぞらせて、今までの光景よりも激しめに絶頂する。

そして、その瞬間、魔法陣がアリシア王女の身体を包み込み、王女は異世界の自室のベッドへと帰還した。

「はぁ、はぁ……はぁん……」

吐息を漏らす王女。絶頂した後、少し手を休めている。

「……勇者様……」

と、夢の内容が純愛指定だったからか、そんな寝言を力なく呟いた。

……しかし、今夜の行為で【王女の心の鍵】のロックが外れる事はなかったのだった。

8話　王城での暮らし

異世界召喚から四日経過。

転送術の監視を、王女以外に割り振り、情報収集に努める。

必要な情報を貰えないいっぽいしな。

それはそれとして、午前と午後は、騎士団長との訓練だ。

体力は上がっているような気がする。

気がする程度なのが微妙な感じ。現実のレベリングなんてこんなものか？

「素振りとかしないんですね」

「ん？　……まぁ、基本は必要だろうが」

騎士団長も勇者の訓練など初めてだろうから、訓練内容に困ってるのか？

実戦形式の訓練と素振り系統の基礎鍛錬。どっちが俺に必要なんだろうな。いや、どっちもか。

「騎士団長」

とりあえず、素振りよりも更に基礎。ランニングだ。……そら、そこからだよな、俺には。

「何だ？」

「この世界には、魔王以外にどのような魔物が生息しているのですか？」

ちなみにオークとゴブリンが居そうな事は知っています。

「そりゃ、たくさん居るが……。勇者様の世界には、魔物は居ないんだっけか」

「ええ、まぁ。野生動物なら普通に居ますけど。動物と魔物って、どう違うんですか？」

いや、ホント。

「難しい事聞きやがるな……。区分けが難しいとこだがなぁ」

俺が大量の汗をかいている横で、走りながら、余裕そうな騎士団長。くっ、体力差が歴然だな！

「まぁ、一番分かりやすい魔物ってのは、やっぱり倒してもまた出て来るって連中だな」

「それって、どういう感じなんです？　動物が増えるなら、人間と同じように子供を産んで……タイプなのは分かりますけど。街中にいきなり出て来たり？」

何も無い所にいきなり魔物がポップするとか、現実で考えたらエグ過ぎる。

部屋の中に出て来たりしないのか？　壁の意味が無い系だ。

「出るとすりゃ大抵、山や森ん中とか洞窟ん中とかだろうなぁ。俺はそこまで詳しくねーが。土地の魔力？　から生まれるだとか。怨念が篭ってる場所に出て来やすいだとか。出て来る環境ってのはあるらしいぜ」

「へぇ……」

ま、部屋の中にいきなり系は人類に勝ち目が無さ過ぎる。

妖怪や幽霊みたいな感じなんだろうか？　とりあえず暗そうな所に出て来るとか。

龍脈がうんたらっていうのもテンプレだよな。

「で、俺が戦いそうな魔物は？　吸血鬼系とか居ます？」

「血を吸う系の魔物は、そりゃ居るぜ」

「いいえ、もっとこう……人間の上位互換みたいな。つまり、魔族？　悪魔？　みたいな」

要するに魔王の手下、幹部系だ。

「あー……」

と、そこで騎士団長は、なんかばつの悪そうな顔をする。

どういう表情だ？　心当たりがあるのか？

「……そういう風に言われる連中は、居たりはするな」

「数は少ないけど居るって事ですか？」

「いや、数は普通にいやがるが……」

ん？　……あ、もしかして亜人や獣人を思い浮かべてるのか？

人族主義からしたら、そういう扱いみたいな。

でもそれ、地球で言う所の人種違い程度のカテゴリだろ。

「……亜人とか、獣人みたいなのじゃなくて、もっとこう、がっつりと魔王の直属配下みたいな奴です。魔王は植物系っぽいですけど」

「そういうのは居ねぇんじゃねぇか？　魔王なんて百年も寝てんだしよ」

ふーん？　ホントかよ。

そんなこんなで騎士団長と雑談を交わしつつも鍛錬に励むのだった。

◇◆◇

「あ、すみませーん」

「……はい」

友好的な関係になれば、イメージも変わるかな？　と、異世界人偏見に満ち溢れた侍女や騎士に話し掛けてみる。

……のだが。

「何か御用ですか？」

「……いや、こう。お近付きになりたいなと」

「……勇者様は、鍛錬で忙しいでしょう。そういった事は対応しかねます」

「あ、はい」

何この、俺が店員に馴れ馴れしくしてドン引きされた感。話し掛けんなオーラが凄いな！

……その他、近くに居る人達も【人物紹介】通りって感じだ。完全なるアウェーである。

味方も居なければ、友人も居ないし、作りようが無いとか。

もうちょい、勇者に対して歓迎する素振りぐらい見せろよ。

社交辞令とかあるだろ？　その社交辞令が一番出来てるのが、むしろアリシア王女だったりするのがアレだな。さすが王族の教育。

「……はぁ」

とりあえず午後の訓練をこなし、身体を休める。

転送術の監視機能を三窓開いて、情報収集だ。

タゲったのは騎士団長、侍女、一般？　兵士。

出来るだけ王女に近そうな人物を抜粋してターゲットにした。

「手頃な実験対象は居ないかなーと」

王女以外にも試せるといいよな。

……とは思ったが。

「王城内に兵士の部屋があるのか」

相部屋かな？　王城内に部屋があるとか、誉れ高い。今の俺もそうか。

「けど相部屋は、転送術の実験対象にしにくいな」

王女の護衛とかしてないのかな？

俺の部屋の前には人が居るんだが。

その人員を王女へ回せよ。

俺以外の危険人物など王城には居ないから、俺さえマークしておけば良いってか。

「お」

侍女や騎士団長の方は、街へと帰って行くようだ。

騎士団長こそ王城に泊まれよ。

「おお……ヨーロッパ」

監視機能越しで、初めて異世界の街並みを見た。

……感動が薄いな。これだとテレビで外国観てるのと変わらないもんな。体験が伴っていないので感情が付いていかないぞ。

そのまま、二つの視点を交互に確認して城以外の場所の様子を窺う。

石を積んだり、レンガ？　作りの建物に木造建築もあるって街並みだな。行き交う人々は、まぁ……そこまで俺の知る人間と変わらない。

何処の世界でも人間は人間か。

コンクリートとかも発達してたり……微妙に綺麗過ぎる壁とかあったりするな。

魔法技術で建物を建築したりする事もあるんだろうか？　重機要らずだな。いや、要らないかは知らないけど。

「ん？」

騎士団長が速攻で、一つの屋敷の中に入っていく。自宅か？　王城に近い一軒家とか一等地っぽいな。

通勤時間短くて楽そう。でも仕事が出来たら、即呼び出しを食らう系だな。

「ただいま。帰ったぞー」

「パパ！　お帰りー！」

「貴方、お帰りなさい」

おっと。普通に家に嫁と子供が居た。当たり前だろうけど、俺の目に映らない所でも人々の生活や営みがあるって見せつけられたな。

……こういうの、ゲーム感覚で俺を世界の中心だと考えてしまうのがテンプレだ。だからある意味、貴重な情報だな。ここは、あくまで現実の異世界っていう感覚。

「侍女の方は……」

街に出た侍女の方は……途中で買い物をして。おお、異世界商店。俺も実際に見に行きたい。

で、家に帰って行った。

マンションとかは、流石に無いのかな、この異世界。

侍女も家族が居る、か。皆、良いとこの出なんだろうか？　毎日、あの家から通勤？

今日は、たまたま帰っただけか？

◇◆◇

「勇者様、おはようございます」

「王女様、おはようございます」

そして、異世界召喚から五日目。

朝からニコヤカ王女。

とりあえず、ターゲットの一つを王女へ移す。

「訓練は順調ですの？」

「ええ、多分？」

「それは良かったですわ」

早く使える道具になれよ、ってか。

「ワタクシ、今日はあまりお付き添い出来ませんけれど……鍛錬、頑張ってくださいね」

「ええ！　ありがとうございます、王女様」

そして帰って行く王女。

何だ？　完全に顔見せに来ただけだぞ。

いや、俺はアリシア王女推し設定なので、推しの笑顔が最大の下賜なのかもしれない。

デレデレと緩んでおこうか。

「可愛らしいし、お美しいですね、アリシア様」

「……そうだな」

うん。上っ面の関係って感じだ。

◇◆◇

アリシア王女は、身体の火照りから一日解放された為か、何となく余裕を取り戻していた。

とはいえ、何やら公務があるっぽい。なんか書類仕事してる。

儀式からまだ間も無いしな。疲れも溜まってそうだ。

……あ、昼間なのに仮眠した。

場所は、アリシア王女の私室。

転送チャンス！　ささっと簡潔に指定し、発動！

【装備指定】

◇癒しのアイマスク

・仮眠用のアイマスク。

・付けると疲れを癒す効果。

・装備者に短時間の効率的な睡眠を取らせる効果。

・その代わりに淫らな夢を見る効果。
・夢の内容は『最近でもっとも印象に残った性的な事』を再現し、心の底から受け入れ、気持ち良く安らぐ感覚を覚える。
・王女が起きると消える。
・ランクB

◇スキルロックの解除指輪
・【王女の心の鍵】でロックした勇者のスキルを全解放する。
・解放出来ない場合、勇者の事を考えて、性的に昂ぶってしまう効果。
・勇者以外に認識されない。
・三時間程経過すると消える。
・ランクA

◇
◆
◇

「んっ……」

昼の仮眠を取る王女に癒しを提供。

やはり王女ともなるとお疲れな事もあるようだしな。なんという勇者の優しさ。

「はぁ……」

身体を癒しつつ、内面を侵食していく。

出来ているかは怪しいが。

「っ！」

お。仮眠から目覚めたらしい。アイマスクが消えた。気付かれてないよな？

「は、くっ、またですの……」

プルプルと身体を震わせる王女。

なんとなく悔しそうで不満そうな表情だ。

「寝ても覚めてもアレの事ばかりっ……！　ワタクシは、あんなの……！」

俺の事を寝ても覚めても想ってくれてるらしい。

いや、スキルのロック外せよ。

むぅ。どストレートな効果でも無理か。

「くっ……」

アリシア王女が、もじもじしながら足を内股に擦り合わせている。

しかし、今回は我慢するようだ。チッ。

「はぁ……。こんな身体では、いつかワタクシから……」

ん？　何？

「くっ……あんな夢を……見てからですわ！」

小声で愚痴っているのだが、転送術のせいで丸聞こえだな。

どの夢の話なんだろう？　アリシアの性癖にマッチするとスキルのロックが解放されるとか？

「はぁ……。くっ、異世界人の……くせに」

顔を真っ赤に染め上げながら、自らの淫らさに耐える王女様。

何が、くせになのか。それはそれとして、真っ赤になりながら性欲を必死に我慢している表情がエロ可愛い。

しかも俺の事を想って昂ぶってる筈だしな。

……我慢するつもりなら、今日は無理矢理にイカせたりせず、溜めさせておくか。

「くっ……んっ、勇者……。もっと……くっ！」

それから三時間。アリシア王女は、性欲を持て余しながら、悶々と俺に懸想し続ける事になるのだった。

9話　盗賊狩りの準備

俺が異世界召喚されてから、六日間が過ぎた。

こちらでの生活は、まぁ慣れるも何も無い。

誘拐先で殺されないように立ち振る舞い、訓練をこなすばかりの生活だ。

王城に個室を与えられ、食事を用意され、そして訓練を強制される。

表面上は、やる気を出している風を装っているんだけど。

転送術による王女へのアプローチは、かなり直接的にスキルロックを外すように誘導したのに上手くいかなかった。

なので、やっぱり万能に近く見えて万能ではないスキル、という事かもしれない。

強力ではない判定だしなぁ。

即死無効の鎧とか、実際に作れるか不明だもんな。

どうやって実験するんだ？　っていう話になるしさ。

完全に使い捨て扱いできる命が必要になるじゃないか。自分で試す気はまったく無いぞ。

それを言いだしたら【完全カウンター】が作動するか分からない魔王の【即死魔法】の前に立つとか、ありえない話になる。

魔王メタのスキルがロック中のスキルの中にあって、その上【レベリング】みたいに準備が必要だったらどうしてくれるんだ？

やはり、いくらなんでも勇者のスキルロックは悪手だろう、王女様。

実際、転送術の装備指定類は戦闘には未だ使っていない。

王女用の盾等、耐久性を設定上でどんなに盛ったとしても紙の可能性が残っているんだよな。

アリシア王女への悪戯だが、王女には『異変はランダムで起きるもの』『耐え切れるもの』という印象を付けたいので、昨夜はアプローチを我慢した。

表面上、真面目に訓練していれば現段階では問題なさそうだし。

あと、普通に訓練の強制で疲れてもいるし。

なんで異世界の為に俺は毎日、厳しい鍛錬をしているのかが目下の悩みだ。

◇◆◇

周りの状況確認だが、だいたい家族の待つ家へ帰るか、兵士達同士でルームシェアされている部屋に帰るかで、【異世界転送術】の実験が出来る相手は今のところ王女以外に見つかっていない。

騎士団長も同じく家族が居てダメだったな。

しかし妻子いるのかよ、騎士団長。

いずれ勇者を殺す予定になるが、それで子供に胸を張れるのか、あんたは。

まぁ、騎士団長も、ただの下っ端って感じがするんだけど。

転送術の様々な思い付き実験に相応《ふさわ》しい相手は、やはりアリシア王女だ。

彼女は、王族らしく大きく広い自室を持っているし、また王女の寝所に侵入しようなどという輩は居ない。

寝所の前で聞き耳を立てるのもまた不敬なのか、部屋の外に護衛は……可視範囲には立っていなそうだった。

なので寝ている間に異世界に飛ばして帰還させて、変な装備をさせて……といった、人に気付かれないように行う実験対象はアリシア王女が最適だ。

というか、目的そのものもまたアリシア王女の【王女の心の鍵】なのだから、彼女以外を実験対象にする意味が、あまり無い事に思い至った。

スキルで異世界を遊び倒すのが最優先の目的ではない。

我が身が無事な内に、王女の調教を済ませて、日本に帰還する目処を立てるのが最優先だ。

◇
◆
◇

「今日の訓練の時間です、勇者様」

「……はい。いつもありがとう」

規則正しい時間管理の生活を余儀なくされている。

望んでそうしているワケではない。

週一回の休みとかあるんだろうか？

それもなかったら……どうにも出来ないが、不満ぐらい流石に口に出すぞ。

なさそうなんだよな、休み。休みなく鍛錬鍛錬……【レベリング】スキルを解放できていたから、まだ実りはあるけど。

これ、スキルロックした状態で、ただの訓練漬けだったら、最早この異世界召喚自体、何をさせたいか分からなくなっていただろ。

他の王城の人間とは最低限しか会話していない。

話し掛けはしてみたが余所余所しいし、というか会話に少しイラッとする態度を取られる。

「…………」

異世界に呼び出したのは、そっちだぞ。

何故、腫れ物のように扱われなければならないんだろうな。

なので、もっぱら話すのは、王女と騎士団長ぐらい。

その王女と騎士団長こそが、俺の不幸の底計画の主犯なのだが？

……むしろ、この二人以外は俺と関わるな、と命じられてたりするんだろうか？

やむなく頼りにするしかない二人……となれば、俺の懐柔がしやすくなるだろう。

そして図書室の利用許可は、まだ下りてない。

そもそも王様の許可とやらを取る気があるのか、取る必要があるのか疑問だ。

王女の一存で図書室の利用ぐらい許可できるだろ、今までの感じからして絶対。

とにかく夜は俺の部屋の前に兵士や侍女が立つし、しっかり交代を回していて、二十四時間、誰かが居るようになっていた。

そして、俺が夜中に部屋を出て行こうとすると止められた。

その際には、

「王族が住む城での夜間の出歩きは、たとえ勇者様でもご遠慮ください。必要な物は部屋の中に揃っているかと思います」

……と、言われた。

そりゃあ、まるっきり得体の知れない男に、王族が住む城を勝手に歩かせるワケにはいかない。

それは分かるよ。だったら異世界に呼ぶな、という話だが。

あと王城から出せばいいだろ。

城に入れたままなの、そっちの都合だろ、とか。

お腹が減ったんです、と訴えたら、

「夕食はたしかに摂られていたと確認しています。食べ過ぎは、明日の訓練に差し支えるでしょう。我慢していただきますよう、お願いします」

「はぁ……」

いや、別にどうしても腹が減ってたワケじゃないけどさ。

そうじゃない。

基本的に自室・訓練場・食堂しか勇者の俺の行動が許されていないらしいんだ。

そして、夜中にも、まるで犯罪者かのように、外に見張りが立っている。

軟禁でしかないな。ここまで自由を束縛される謂れがあるか？

それも死地に旅立ち、魔王を倒した後は、何故か味方である筈の王女と騎士団長に倒される予定の旅。

……ないなー。

◇◆◇

「おはようございます、ルイード騎士団長」

「おう、おはよう、勇者様」

一応の礼として挨拶を交わす。はぁ、今日も訓練か。

なんかレベルの上がり方が緩やかになってきたんだよな。

あと普通にしんどい。そりゃ一日中、身体を動かしてたら疲れるよな……スポーツマンって凄い。

「勇者様、ちょっと剣を構えてもらえるかい？」

「？　はい」

言われるまま、俺は剣を構えた。こうして、剣を構えるのも【レベリング】にある『剣術』のお陰か、だいぶ形になってきた気がする。

「どうしても確かめておかなくちゃいけない事でねぇ」

「はい」

何をだ？　騎士団長は……俺に向かって木剣を構えた。訓練用だな。

ちなみに俺が持つ剣というのも、今回は木剣だ。

中に鉄の芯が入っているらしく、かなり重い。真剣の重さと同じぐらいになるようにしているらしい。

「………」

「ルイード騎士団長？」

「いくぜっ！」

はっ!?　何がっ!?

と、驚く俺に対して、騎士団長は一瞬で間合いを詰めてきた。

一瞬。本当に一瞬だった。こんなにも人って早く動けるのか、という程に。

「はぁっ！」

「がっ!?」

そして、騎士団長は木剣を横薙ぎに振り抜く。俺は防御しようとする間もなく、右腕の肘辺りを打ち据えられた。

痛ぇえええええ！　なんで!?　そう思うのと同時に、何か、その痛みが、固まって……そして手にしていた剣に流れ込むような気がした。

何だ!?　分からん、剣を持つ手が震えて、咄嗟に突き出す。

この現象自体が初めてなので理解できなかった。

「っ……！」

騎士団長が、俺が突き出した剣に対して回避行動を大げさに取る。

剣からは軽い衝撃波??　というのだろうか、が出た……と思う。一体、何が起こった!?

「へぇ……。そいつが勇者様の【カウンター】ってスキルかい？」

「カウンター……？」

今のが、か……？　如何なる攻撃も全て攻撃者に反射するスキル。

本来の名前は【完全カウンター】。

これ、全自動反射じゃないのか！　反射攻撃を相手に当てる技術も必要なのかよ！

無敵とは程遠いな！　つうか、痛ぇ！　えっ、ダメージは通るのかよ……いや。待てよ……。

「……痛……くない？」

「あん？」

騎士団長に酷く打ち据えられた筈の腕は何ともなかった。

痛い！　と確かに思った筈だったのに、そう感じない。……全て反射した、という事か？　痛い、痛かった、筈なのに、今は何故か痛くない。凄く微妙な気分だ。

「……攻撃が通らねぇのかい、勇者様には？」

「どう、ですかね。痛い、は痛かったんですが……」

「……真剣でやってたらそのまま、か？　試すワケにもいかんか。カウンターを避ける自体は出来るな」

「はぁ？」

つうか、何だいきなり!?

今まで寸止めだっただろ、稽古でも！

すぐ痛みが引いたからって何しても良いと思うなよ！

「何ですか？　流石に怒りますよ？」

「……ああ、いや、すまねぇ。どうしても勇者様のその【カウンター】ってぇスキルは試しておかなくちゃなぁ、って思ってよ」

「それは何故？」

殺す時の為の情報収集か？

「いや、明日、勇者様には……ちょっと城を出て仕事をして貰うかとな」

「仕事、明日？　あっ、魔物狩りですか？」

「……まぁ、色々だな。とにかく実戦に連れ出そうって段階になった。だから、せめて防御系っぽい、そのスキルがどのぐらい使えるか確かめておく必要があってな」

「はぁ……」

実戦、ね。魔物……野生動物の上位種みたいな奴と、とうとう戦う。

異世界の醍醐味と言えるだろうが、それは命懸けの戦いだ。

「俺も一人前の腕になった、って事ですか？」

「ん？　んー……。いや、確かに勇者様は上達の早さが尋常じゃねぇと思うぜ。特に初日を知ってるとなぁ」

「それはどうも」

第四スキル【レベリング】、絶対に必要だったじゃないか、これ。アリシア王女……。

「ただ、一人前って言っても一般兵士か、そこそこの冒険者ってぐらいの腕前だ。勇者と表立って名乗れる程じゃねぇ」

「そうですか」

充分だろ？　素人だぞ、戦闘の。昔は剣道やってましたとかそういうワケでもない俺がその評価は。

「騎士団長の動きは……なんか凄まじかったですね」

「そうかい？　まぁ、普通じゃねぇか？」

「普通、なんですか？　その、凄まじく速かった気がするのですが」

人智を超えたような……って感じるのは、俺が素人ゆえだろうか。

「ああ。〝闘気〟を身に纏ったら、あんぐれぇ動けるもんだ」

「……闘気？」

「おう。勇者様は……まだ纏えてねぇなぁ」

ちょっと待て！　何だそれ!?　何を当たり前のように言っている!?　闘気！？？

「闘気って、オーラとか、そういう系……？」

「ああ、オーラね。そういう風に言う奴らも居るな。どっちでもいいけどよ。魔物と戦う技術の一つってぇ奴だな」

「技術の一つ……」

「異世界人は闘気を纏えないとか聞いた事もあるが……そんな人間居るのかねぇ？　亜人

や獣人だって纏えるもんだぜ？」

げっ、異世界人差別は使えない!?

何だ、異世界人差別の原因、もしかしてそれか!?

確かに、そんな事言われても出来る気なんてしないけど！

「いや、でも……勇者様の【カウンター】は、こっちの闘気をまとめてそのまま返したような技？　だったぜ」

「カウンター、が？」

たしかに衝撃波のような何かは感じたが……。

アレをこっちの連中は技術で使えるって事？

「……勇者より、騎士団長の方がどう足掻いても強くないですか？」

「まぁ、今のところはな。勇者様だって、おいおい残りのスキルを覚えられたら……俺なんか足元にも及ばなくなるさ」

「そう、ですか」

そのスキルはアリシア王女によって封印されたままだ。

……ヤバ。思ったより、騎士団長と今の自分に力の差がある。

現段階で、本気で殺しに掛かられたら俺に抗う術があるとは思えない。

いや、カウンターで牽制して、転送術で飛ばせばいいか。

だが、転送術は設定の手間が著しく掛かる為、タイムラグがある。

あれだけの速度で襲い掛かられたら一溜まりもない。

基本設定のまま飛ばそうにも、項目設定の決定は無視できないのだ。

咄嗟に使うにしても、やはり多少の時間の問題がのしかかる。

……いざという時、実力で降りかかる火の粉を払う術が乏しい、という事を突き付けられてしまった。

「……」

今日の午前の訓練は、そこそこに流す感じで終わり、一時解散となった。

カウンターについて騎士団長も報告とかあるのだろう。

◇◆◇

「アレは戦闘で使えるレベルになったのね？」

「そうですね。そこそこ……ええ。悪くはないかと」

昼飯時、やはり騎士団長は、アリシア王女へ報告に向かった。

ターゲットにし直していた王女の監視映像で俺は、その様子を窺う。

「予定通り、魔物退治を経験させますか」

「ええ。それから……盗賊もね」

「分かりました」

……盗賊？　盗賊退治？　テンプレか？

「……本当にアレはワタクシを好きだと思いますの？」

「まぁ、そう見えはしますよ？」

「どうかしらね。女なら、誰でもいいんじゃありませんの？」

「それは……まぁ、そうであっても、アリシア様に気があるのはあるんでしょう」

何その嫉妬する乙女みたいな王女の台詞。そういう意図じゃないんだろうけどさ。

「そう……」

「アリシア様は、何かまた別のお考えが？」

「いえ、ん。そうかしら……あのね、騎士団長」

「ええ」

「明日は、ワタクシもアレに同行しようと思いますの」

「はい？」

ん？　魔物狩りに王女も来る？　何でだ？

「それはまたどうして？」

「……今の段階で他言は無用ですわ、良いですわね？」

「ええ、もちろん」

何だろうか。聞いておいた方が良さそうな話だ。

「勇者の召喚に代償がある……みたいなのですわ」

「代償？」

あ、その話か。という事は……予想できる。何故、アリシア王女が俺達に付いていくと言い出したのか。

「ワタクシは、アレから離れ過ぎると、アレの世界へ逆に飛ばされてしまう……らしいのですわ」

「は？」

「今は、過去の【勇者召喚】の事例を調べているけど、対策の手掛かりが掴めていませんの。王城の中に居る分には、問題無いみたいですけれど……」

「しかし、それは……本当ですか？」

「……おそらく本当ですわ」

「根拠がおありで？」

「それは……、その、ええ、まぁ」

王女がそこで口ごもる。王女的根拠、というと性欲の高まりだな。今もほんのり顔が赤い。ムッツリスケベ王女。

「アレのスキルを封印した事で、どうもワタクシ、最近体調が優れない時がありますの」

「体調？　大丈夫なんです？」

「も、問題無いですわ。自分ひとりで処理できますから」

処理ね。うん。処理してるね。ひとりで。言ってくれたら手伝うけど？

「処理？　王女様、流石に体調が優れないって言うんなら、相応の人間を呼ぶべきかと思いますが……」

「必要無いですわ！　どういう体調不良かは、ちゃんと理解しているから問題無いんですのよ！」

「はぁ……？」

性欲が高まる体調不良とは流石に言えないか。

女の相談役とか王女様には居ないのかね。

「しかし、体調が優れないのに……魔物退治と、盗賊退治に同行されるんで？」

だから盗賊退治？　盗賊退治って何だろう。

「仕方ないですわ。ここ数日、ずっと調べていましたけど……過去の事例がありませんもの。もしかしたら、アレのスキルを封印したせいで、こういう影響が出ているのかもしれませんわ」

「それは……まぁ、ありえますねぇ」

ありますねー。問題があるならロック解除してくれて良いんだぞ？

「絶対にそうですわ。儀式の代償はともかくスキルの封印の代償なんて、如何にアレがオークやゴブリンと同類か！　今、アレが人間のような顔をしているのは、ワタクシがアレのスキルを封印したからなのよ！」

「はぁ……？」

何でそうなる？　いや、待て。

王女目線で考えると……そうか。

スキル封印の代償として、自らの性欲が高まってると思ってるんだもんな。

『何でよ！』って感じで、封印されたスキルが如何に性欲に塗れているか……とか考えてもおかしくない。

これは俺の落ち度っぽいなぁ。王女の中での勇者のオーク度が増してしまった。

「それに過去の勇者の文献から考えるに……やっぱり、盗賊狩りは勇者の懐柔には最善の手の筈ですわ」

「ふぅむ。ま、分かります。たしかにあの勇者もそういう感じですからねぇ」

そういう感じ？　何だ。こっちの情報は、なるべく渡したくないんだが……。

なんで盗賊狩りが、俺の懐柔になるんだろう？

「召喚された勇者は、異世界人を人間だと思わない。女は性欲の捌け口と思い、男には乱暴を働く。……けど、男を襲撃した後、その相手を殺してしまった時。近くの女が、それを〝人殺し〟だと言い聞かせてやると、途端に精神を参らせると聞きますわ。……フン。人殺しをした事が無い、というのよ。だから心を参らせるんだって。よく言いますわよね」

えー……。何だそれ。

「世界に理解あり、しかし戦いを経験せず、戦いに飢える。それが勇者。……ですな。殺し合いを知らず、知らない癖に殺し合いには飢えている」

スキル使ってバトルだぜ！　はウキウキでドンと来いだが、実際に人間を殺してしまったら気が滅入ると？　分からなくはない異世界人評価だ。

こいつら、つまり俺に盗賊殺し……人殺しをさせるつもりか？

そして、そこで思い悩む勇者に対して、王女が優しく慰めて心を掴む計画？

おい、思ったよりゲスいぞ！

そりゃ最初から、こいつらは、そうだったかもしれないが！

盗賊退治なんてロールプレイングではテンプレだけどさ！

リアルで人間を……ってなると……そりゃ俺にだって抵抗はある！

「まぁ、良い経験でもありますから。旅の道中でいちいち、アレを助けろ、コレを助けろと言われるのも違うでしょう。盗賊に堕ちてしまった以上ねぇ。連中を狩らないと困る善良な市民が出て来る。……殺し自体には慣れて貰いませんと。魔王は人型をしているって噂なんですからねぇ」

うっ……そうか。植物じゃなかったのか、魔王？

いや、騎士団長も姿までは見た事ないのか。

王国側にそこまで正確な魔王情報は無い気がするな。

植物から人型の魔王が生まれてくるのか？

周囲の魔力とかを吸って枯らして成長して、魔力の塊みたいな実を付けて、それを食った魔物が魔王化するとか、そういう系だったり？

しかし、最終的に魔王を俺に殺させる事が目的な以上、人の姿を持つ者を殺す事には慣れさせる必要がある、と。

しかし、直接人を殺すとなると……どうなんだろう。

王女が、この話し合いに居る事からして、殺人罪で罰されるというワケでもなく、そういう方向の話でもないらしい。

治安的にどうなんだろう。王城周りの情報しか知らないからな。

それはさておき、盗賊殺しか。

……異世界に召喚された以上、殺し・殺されの世界観というのがテンプレだ。

正直に言おう。頭の片隅には、その可能性は既にあった。

騎士団長も俺を殺す事を視野に入れていたし……。

いざとなれば返り討ちにしなければ、と思っていた。

そして、そういう盗賊といった存在を倒し、英雄的行為をする。

異世界に来た時点で想像の範囲内だ。問題は、精神的にどこまで耐えられるかだが……。

例えば殺してもよさそうな悪人と分かれば、それほど抵抗は無いかもしれない。

……【人物紹介】で分かりそうだな。

王国側が差別している、という理由で、ただの亜人だとか獣人を殺すならともかく、盗賊が相手か……。

盗賊にだって事情はあるだろうが……。そういう相手でも救おうとする精神性は、騎士団長的にはNGって事か。

人殺しへの忌避感はあるが、もしもの時に備えて慣れておく必要性は……少なくとも最終的には命を狙われている俺にはあるかもしれない。

◇◆◇

「勇者様。明日は魔物退治の訓練に向かわれるとのことですね」

「そうらしいですね」

主にそっちの都合で。……俺の覚悟とかは聞かれてない。魔物の前で足が竦んだらフォローしてくれるのか？　金が掛かった召喚勇者兵器だぞ。そこは頼みたい。

「魔物との戦いなのですが……勇者様。ワタクシ達の世界では、魔法というものを使える魔術師という者達が居ますわ」

「ああ、やはり居るのですね」

「ええ。かくいうワタクシも、その魔術師の一人ですわ」

何？　いや、召喚術なんて使ってるんだから、そりゃ当然か。

「騎士団長から少しだけ聞いておりますが……魔法というのは、どういったものなのでしょう？　自分の世界では、魔法と言えば万能の力のように認識しております。ですが、この世界では魔物と戦う為に発展した技術であるとか」

「そうですわね。お見せするのが一番早いでしょう」

おお。見せてくれるのか。それは……流石にこの状況でも、ワクワクするな。

王女に付いて行き、王城の外周部分に設けられた兵士達の訓練場に移動する。俺と騎士団長がいつも訓練をしている場所だ。

そこで王女は、用意されたカカシのような的に向かい立つ。

距離にして十五ｍぐらいかな。正確な距離は分からない。

「炎よ！　燃やし尽くしなさい！」

うおっ！　アリシア王女の突き出した手から突如として真っ赤な炎が湧き立ち、前方の的へと飛んでいった！　これこそテンプレ攻撃魔法！

おお……！　アリシアの炎！

「おお……素晴らしいですね、王女様！」

「ふふ、どういたしまして」

ちなみにその攻撃魔法、王女がなんで修得した？　誰を燃やすつもりだ？　火対策はどこかで必ずしておくとしよう。

「その魔法、自分も覚えたいです、王女様！」

これは単純に、シンプルに覚えたい。

「そうおっしゃると思いましたわ。ですが……魔法というのは覚えるのに、専用の素材を用いた専用の道具を使わなければなりませんの」

「専用の道具……さえあれば、覚えられるものなのですか？」

ならチャンスはあるな！

『魔力をこう練り上げて、火にするのですわ！』とか言われたらお手上げだった。

「ええ。勇者様には勿論、魔法を覚えていただきます。専用の講師も付ける予定でして……」

「おお、講師ですか」

「ええ」

「それは、王城の誰かですか？」

今のところ、魔術師っぽい人物には会った事が無いな。

「いいえ。少し離れた街にある貴族の家の者ですわ。まだ若く美しいメイリアという女魔術師です。といって、ワタクシ達よりも歳は上ですけどね」

「はぁ……貴族」

「ええ」

なんか王女の目が厳しいが。どういう目だ？

あっ、女という点で飛びつくだろうとか思ってる？

いや、表面上の設定的には、俺は王女派だから、ここで他の女に飛びつくならやはり、と思われる。

王女の俺の懐柔策も違う方向性に向くか。どっちでもいいな。

「その方は、王城に来られているのですか？」

「いいえ。勇者様の訓練の目処が立ち次第、先方に挨拶に向かおうかと考えているところですわ」

「え？　王女様自らが、でしょうか？」

向こうを呼び寄せればいいんじゃないのか？

「……勇者様。ワタクシは王女であって、王ではありませんわ。たしかに立場上、ワタクシの方が上には位置していますが……。だからと言って先方の都合を考えず、呼び立ててばかりでは信用を失いますわ。用件があるのは、こちらなのですから、失礼の無いようにワタクシの方から訪ねるつもりですの。特に貴族相手では、こちらも気を遣わなければワタクシの将来に差し支えますわ」

「そうなのですか」

先方に失礼とかいう発想があるなら、勇者の俺にもどうにかならないか？

まぁ、表面上のアリシア王女の態度・言葉は敬意があるんだよな。

裏で何を考え、どう発言しているかを俺が知っているだけで。

「それで魔法を覚える為の道具とやらは？」

今すぐ使ってくれ、その不思議アイテムを！

「それなのですが……」

そこで王女が目を伏せた。何だ？　困った事があります、という風だ。

「実は、魔法を覚える為の道具【マナスフィア】を作る為に……魔石という資源が大量に必要となりまして」

「はい」

「その魔石を運んでいた商人の馬車が、ある盗賊団に襲われてしまったのです」

「はい？」

おや？　思ったよりストレートに盗賊について言ってきたな。

「……盗賊団は、そうして罪も無い商人の馬車を襲い、金品等を奪っておりますの」

「そう、ですか。……騎士団等は、そういった盗賊の討伐に向かわれたりはしないので？」

お前達で片付けてくれ、うん。

「王侯騎士団は、主に王城や、城下町の警備を担当しておりますの。栄誉のある仕事ですわ。盗賊の討伐といった仕事は……各貴族の私兵や、冒険者ギルドの会員などが担当する事になりますわね」

「冒険者ギルド！」

あるんだなぁ。うわぁ、入りたいような入りたくないような。

「……なのですが、今回の盗賊の件は……勇者様に問題を解決していただきたく思うのです」

「はい？」

え、なんで？　それ担当の人が居るんだよな？

「それは何故？」

「勇者様のお力を民に知らしめる為ですわ。『民を苦しめる盗賊団を勇者様が一掃した』……そういった、ご活躍をしていただきますと、先に申し上げた魔術師、メイリア＝ユーミシリア様のご協力を取り付けやすくなりますの。メイリア様は、ユーミシリア領の領主の娘で、貴族。優れた魔術師であり、魔法の研究の徒です。……魔王討伐において、彼女を味方に付けていれば、とても心強いものとなるでしょう」

ん？　あ、これ、アレか？

魔王討伐の勇者パーティーメンバーの勧誘イベント？

王女のイメージから誤解してしまいがちだが、王国にとって魔王討伐はガチの目的だった。

何も王女が異世界人を虐めたくて、俺を呼んだワケじゃない。

……と、いう事は有能な魔術師だという、その貴族に協力を取り付けようとするのは……さもありなん。

「盗賊を倒す、ような活躍をすると、先方は協力的になるのですか？」

「はい。魔石自体、ユーミシリア領に運ばれていたもので……しかし、事件が起きた場所が遠方ゆえにユーミシリアからは私兵を派遣するか悩んでいるとの事です」

「つまり……盗賊団を潰し、盗まれた資源を持って、先方を訪ね、恩を売りたいと」

「……まぁ、そういうことですわ」

「勇者が活躍する必要性は？」

「魔王討伐するに当たって、弱い勇者に付いて行きたいと思いますの？　勇者とは英雄……力を示さねば意味の無い存在ですわ」

その力が王女様に奪われてるんですけどー。

「えっと、まとめて貰えます？」

「……明日より、勇者様には王城を出て、魔物退治の経験と共に、盗賊団の壊滅をお願いします。もちろん、ワタクシ共もサポートは致しますわ。そして、魔石を取り戻し、その魔石をユーミシリア領へと届け……メイリア様にワタクシが魔王討伐の旅の同行、及び、勇者様の魔法修得・鍛錬の講師をお願いする。……そういう予定ですわ」

「ほう」

おお、ついに異世界で、王城の外へ旅立てるのか？

「ですが」

「ですが？」

「……今の勇者様が個人で盗賊団をまるごと撃退できるとは思っておりませんわ。騎士団も協力する事になりますが、それでは勇者様のご威光は示せません。なので、勇者様には隠れて王城から出立して貰い、外では目立たぬよう行動をお願い申し上げますわ。最終的には勇者様がお一人で何もかもを解決した、という事を知らしめるつもりですが……実際に活躍そのものが嘘では問題が生じるのです」

「問題ですか？」

つうか、外でも自由に動かせないつもりか。

無理矢理に逃げ……は困難だな。騎士団長の動き、確実に今の俺より上だった。

「それは騎士団からの勇者様の力への不信を招くことですわ」

「……はぁ」

「実際には騎士団の力なのに、勇者様が手柄を横取りした……というのは、騎士団そのものには伝わってしまいます。それは、やがて市井に漏れることでしょう。ですが、勇者様を含めた部隊が盗賊団を壊滅させた結果、噂が独り歩きし、勇者様の活躍が広まる……のであれば、元より勇者様の知名度の高さから皆も納得しますわ」

……ここはまぁ、正直に裏を話している分、マシか。

なんか、アレだな。今現在は、あくまで勇者は、魔王を倒す力強き英雄！　人々も感謝すべき存在！　……というプロパガンダが展開されているように思う。

勇者の評判という点においては、王女がかなり気を遣っている様子だ。

……となると、最終的な不幸の底計画とはどうなるんだろう。

テンプレで行けば、魔王を倒した勇者が新たな魔王と化した、皆の者、勇者を殺せ！　というパターンだな。

あの世で詫び続けなければならないパターンだ。普通にまんま、この手で来るかもしれないな。

「一連の仕事なのですが……勇者様。ワタクシも同行させていただきますわ」

「王女様がですか!?　危険ではありませんか!?」

知ってたけど。

「ええ。ですが、これも王女としての責務。それに……ワタクシ、勇者様のことが心配なんですの」

「そんな……王女様」

嘘吐け。匿名メッセージを警戒して、離れられないだけじゃねぇか。

あれがなかったら俺をこき使って、城に留まったに違いない。

いや、まぁ、王族なんだから、それも当たり前だろうが。

……ただ、元から王女は魔王討伐の旅には行く予定だったんだよな。

王族なのに。なんか、それも理由があるのか？

彼女も箔とか、名誉的なものを必要としているのかもしれない。

かつて魔王を討伐した王女……いや、新たなる女王！　みたいな。

「では、午後の訓練は程々に。明日、朝早くに王城を出て、城下町を抜けましょう。勇者様のお姿を隠す為の馬車も用意しておきますわ」

「……分かりました、親愛なるアリシア王女様」

かしこまって一礼。

……なんか、当たり前のように決まっているが、明日、俺は魔物と命懸けで戦い、そして人を殺す旅に出るんだよな。

……必要な事だとは思う。忌避感こそあるが、異世界なんてそんなもんという気持ちもある。

しかし、基本的には何故、俺がそんな事を？　という気持ちがちらついた。

盗賊団とやらが殺す程じゃないと思ったら、殺しは避けるようにするか。

というか、殺人を止めるのを見て、不幸の底計画は取りやめようとか思わないかな。

それだと単なる役立たずとして、評価を下げられるか。はーあ。

◇◆◇

明日からは命の奪い合いに参加する。

ならば、新たな力……スキルを手に入れておきたい。

ならば、やる事は一つ。

それは、アリシア王女の全力の調教だ！

今回からは本腰を入れていく。

エロ目的だけではない。これは俺のセイシをカけた問題なのだ。

ひとまず、試すべき事は、最初のロックを外した際の再現。

純愛の夢ではロックが外れなかった。

……アリシア王女的に、俺との純愛というのが、ありえな過ぎて、夢の精度が落ちていたとかあるかもしれない。ならば見せる夢は、最初と同じ屈辱系である。

【ターゲット】アリシア＝フェルト＝クスラ
【装備指定】
◇今、身に着けている衣服
◇屈辱の目隠し
一、目を覚ますか、他人が部屋に入ってくると消える。
二、対象に『勇者に屈辱的に犯されながら、屈辱を感じながら勇者を受け入れ、悦びを感じ続けてしまう夢』を見せ続ける。
三、夢の中の体感時間はリアルタイムと同じ時間で進行する。

四、夢の中の王女は自身の性感帯をくまなく探られ、性感帯を探り当てられると、強く反応し、快感を得る。その際も屈辱を感じながら、勇者を受け入れる。
五、【喘ぎ声の口枷】と連動して効果を発揮する。
六、緊急事態以外に目覚めない眠りを六～八時間続ける代わりに、対象の体力を回復し切る効果。
七、ランクA

◇喘ぎ声の口枷（ギャグボール）
一、王女の口用装備。ギャグボール型。
二、王女の声を半径一mより先に届かせない効果。
三、【屈辱の目隠し】が見せる夢と連動し、夢の中の王女が発する言葉を、王女の声で発音する。
四、王女の呼吸をサポートする効果。窒息などをしないように作用する。
五、王女に呼吸困難等の危険があった場合、ただちに消える。
六、目を覚ますか、他人が部屋に入ってくると消える。
七、ランクB

◇手淫の腕輪

一、両腕用装備。目を覚ますか、他人が部屋に入ってくると消える。
二、寝ている対象自身の手で、自慰行為をさせる。
三、ただし、対象自身を深く傷つける事は出来ない。
四、また、【屈辱の目隠し】の夢の内容とリンクし、夢の中で果てる瞬間に合わせて、必ず対象が絶頂するように導く。
五、対象の性感帯を探り、性的刺激を与え、興奮するよう的確な動きをする効果。
六、ランクC
◇夢見心地の首輪
一、目を覚ますか、他人が部屋に入ってくると消える。
二、ただし消える前に、目覚める装備対象が、その日に見ていた夢の内容を鮮明に思い浮かばせる効果。
三、ランクB
◇柔らかい足枷
一、肌を傷つけないモフモフの足枷。
二、目を覚ますか、他人が部屋に入ってくると消える。
三、【屈辱の目隠し】が見せる夢と連動して、対象の足を開き気味にするように動かせる。

四、ランクD

◇感受性のヘアピン

一、透明。勇者以外の者に認識されない効果。

二、勇者以外の誰かに気付かれるか、王女から外されると消える。

三、対象が、勇者に『アリシア王女』と呼ばれると、装備した際に【屈辱の目隠し】によって見た夢を明確に思い出す効果。

四、勇者が、対象の半径一mに近付くと、ごく軽度に対象を発情させる効果。

五、ランクA

◇透明のクリトリスピアス

一、透明。勇者以外の者に認識されない効果。

二、勇者以外の誰かに気付かれるか、王女から外されると消える。

三、対象に命の危険が無い時、リラックスした状態になった時、微かに振動する効果。

四、振動した場合、対象に【屈辱の目隠し】によって見た夢を思い出させる効果。

五、ランクC

【持ち物指定】
◇揺れるステッキ
一、手持ちサイズの小杖。目を覚ますか、他人が部屋に入ってくると消える。
二、【屈辱の目隠し】の夢の内容とリンクし、振動の強弱を決め、夢の中で果てる瞬間に合わせて、必ず対象が絶頂するように導く。
三、ランクC

【目的指定】絶頂する。目を覚ますか、アリシア王女の部屋に何者かが接近する。

【メッセージ】

『スキル封印における影響：定期的に性欲を解消しなければ、自身が心の底で望む形の淫らな夢を見る』


設定、しんどっ！　全力を尽くしてしまった。

やれる事が多過ぎる。何か、抜けてないだろうか……。

次からは、もっとシンプルにいきたいな……。

とはいえ、こっちも命が懸かっているんだ。

新たなスキルを得る為に頑張るぞ！　全く勇者に何を努力させているんだ。

◇◆◇

そして、王女が寝静まるのを静かに俺は待った。

夕方に少し仮眠を取ったので、目はバッチリだ。スタンバイＯＫ。

よし、王女が眠り始めた！　【異世界転送術】発動！

「……んっ……」

例の如く魔法陣がアリシア王女を包み込み、フル装備がセットされた。

目隠しにギャグボール、首輪を付けたネグリジェ姿の美女が手に揺れるステッキを持っている。足にはモフモフとした足枷が付いていた。

「んぐっ……んっ、んぐっ!?」

ギャグボールをかまされているせいか、王女は篭った声をあげた。

驚くような王女。さて、口枷の効果はちゃんと発揮されるんだろうか。

夢と連動して……夢の中で王女が、俺とどういうやり取りをしているのか探る。

実況プレイみたいなものだな。今回の俺は、本気だぞ。

『また……!?』

と、王女が呻く声とは別に王女の声が聞こえた。

おお？　成功だ。王女の夢の中のモノローグ（?）が聞けるぞ。

ギャグボールで口を塞がれて喋れないのに、夢の中で喋っている声を代わりに発声してくれる魔道具。

もはや意味不明の用途だ。

このスキルでなければ何の意味も無いな。ほんと、勇者が何してんだ、勇者に何させてんだ。俺の勝手でやってる事だけど！

「うっ……、んっ」

『また、貴方……！　ふざけないで！』

また、っていう設定なのかな、王女の中では。現実で手を出してなんていないぞ。

「んぐっ」

『触らないでっ……』

そう言いながらアリシア王女は、右手で自身の胸を揉み始め、左手のステッキを股間に宛がった。

「んっぐ……」

股間にステッキが当てられた瞬間、びくっと身体を反応させる。
『やっぱり……勇者なんて……性欲の塊……オークと同類……』
ちょっと、発声される声が途切れ途切れだな。
これは夢が明確な形を成していないのかもしれない。
「んんっ……！」
『くっ……あんっ……』
少し刺激が強まったのか、身体をビクつかせて、頭をのけぞらせる。
『な……何で……今、……どうして……』
「んっ、んぐっ、」
『やっ、あっ、……待って……何が起きて……』
夢の中で翻弄される王女は、自らの手で自身を慰める。
そして足が少し開くように動いた。
右手と左手を交代させ、胸への刺激をステッキに。
股間への刺激を、自らの指で行い始める。
「うっ……、……ッ」
『んっ……あっ……んっ！』

二重音声で、王女は喘ぎ声を漏らした。夢の中で段々と身体を刺激されているのだろう。現実の肉体の方の身体の動きも徐々に過激になっていく。

「んっ……」

『はぁ……ち、違うわ……。感じてなんていない……』

王女は、夢の中の台詞でそんな事を言う。

そう言いながらも、現実の手は必死に股間を刺激して、足は開き、ぴくぴくと反応していた。

『……うそっ……やだ……！　何か……カラダが……』

「んっ、ぐっ、ふぅ、ぐっ」

王女も夢の中では抵抗しているのだろうが、どうにも上手く抵抗できないらしい。そして、徐々に身体の刺激は強まってきていて、それに対し、戸惑っている様子だ。

王女の顔は紅潮し、汗が浮かび、びくっ、びくっ、と身体を震わせている。

両手は主に、胸と股間を直接的に刺激していて、かなり見た目はエロティックだ。

『は……離しなさい……貴方は……それでも勇者ですの……』

「んっ、んっ、ぐっ、うぅ」

夢の中の俺は、王女をがっちりと拘束し、胸と股間を執拗に刺激しているようだ。

『し、知らない……こんな……感覚……違う……恥ずかしい……』

「んっ、ぐっ、んッ！」

『違っ……ワタクシ、感じてなんかない……気持ちいい……！』

夢の中の声なので、ちょっと台詞と気持ちが混じっているらしい。

気持ちよくなっている事を王女はあっさりと認める。

「んんッ!!」

『あっ、イクッ……！』

と、そこであっさりと王女は絶頂し、身体を震わせる。

目的を達成したので、魔法陣が発生し、絶頂と共に王女は異世界へと帰還した。

……早いな、今回。

王女って実はMで、純愛より無理矢理の方が好みとかないだろうな。

何回も絶頂する事をゴールに指定すれば良かったか。

「んっ……んぅ……」

『はぁん……違う……違う……わ。ワタクシは……絶頂なんて……していないわ……！』

イッたから異世界に帰還しているんだが。

まぁ、俺に犯されている設定なんだから認めるワケないか。

「んんっ！」

『ま、待ちなさ……やめっ、まだワタクシ……』

と、絶頂した後の現実の股間に、王女は両手で揺れるステッキを押し付けた。

『はぁんっ……！』

「んんんッ！」

『ま、また挿れ……無礼……な……ワタクシは……王女ですのよ……!!』

アリシア王女の夢の中で本番が始まったらしい。

強い刺激だったのか、それだけでイッたようにも見える反応をして、身体を跳ねさせた。

「んっ！」

『はぁ……ケダモノ……貴方になんて……感じたり……しないわ……！』

「んんっ、んんっ!!」

そう言いつつも、王女は自らの股間を強く刺激しては、その手を緩め、また強く刺激してを繰り返す。……動き的に今現在、夢の中の王女は挿入され、激しくピストンされているのかもしれない。

『あ……ダメ！　やっ、……ワタクシ……何を……されてるの……』

「んんっ！　んっ！」

『ワタクシ……こんな……身体中……違っ、ワタクシは……淫乱じゃないわ……』

「んっ、うっ、んぐっ！」

現実の王女は、ギャクボールの間から必死に声を漏らしている。

そして、身体は耐え難いかのようにびくっ、びくっと反応を示していた。

『やぁ……違っ……待って……気持ち……い……んっ、また来る……』

「んん、んん、んんッ！」

『イ……イック……!!』

「ンンンッ!!」

股間への刺激を受けて足を持ち上げ、眠る王女はM字のように足を開き、股間を天井へと突き出した。背中は仰け反り、頭も仰け反って、絶頂の快感に耐えている。

『やぁっ、やっ……気持ちいい……あッ!!』

「んんんッ!!」

『こんな……絶対……赦しませんわ……。ワタクシの身体を……好きに……なんて……！』

「んっ、んっ、んっ……！」

抵抗する夢を見ながら、王女はひたすらに自身の身体を、自らの手で興奮させていく。

『やめ……なさい……今、そんなとこ……触らないでぇ……！』

「んん！　んん！　んん！」

王女の夢の中の声は、哀願するように、しかし快楽に抗えないような声だ。

『違う……！　そんな事……ない……！　絶対にない……！　あっ、気持ちいい！　違っ……ぁあん！』

「んん、んんんッぐぅ！」

再度、激しく絶頂するアリシア王女。彼女は夢の中で犯されているだけだ。

現実で、彼女に快感を与えているのは、彼女自身である。

『ぁあ……勇者……やめっ、……絶対……赦さなっ……やっ……思い通りになんてならな……』

「んっ、んっ……んんっ！」

『も、もうやめっ……あっ、……感じてる……から……やめっ……違う……ワタクシ、気持ちいい……』

「んっ、んぐっ、んんっ……！」

『あっ、あっ、あっ……中はやめて……あっ……ぁあ！　はぁん！　……イックぅ……!!』

「んんんッッ!!」

その晩、王女は、夢の中と現実で何度も何度も絶頂する事になった。

しかし、ここまでやったというのに……【王女の心の鍵】は解放される事はなかった。

……次からは、違うアプローチが必要かもしれない。

10話　正統派勇者を目指す

異世界に召喚されてから一週間が過ぎた。

俺達は朝早くに王城を出立する。とはいえ華々しい勇者の出立ではない。

地味な鎧を着け、ローブを羽織り、隠れるように馬車に乗って城を出る。

馬車の幌の隙間から……初めて直接、この目で異世界の城下町を見た。

如何にもな中世風の街並みだ。

ただ、実はスキルでこの光景は先に目にする事が出来ていたので感動はそこそこだった。

それでも、ああ、俺は異世界に来たんだなと改めて噛み締める。

「王女様、騎士団長」

馬車の中には騎士団長と王女が一緒に座っている。相変わらずのメンバーだな。

「今朝のことなのですが……」

「今朝、ですか?」

王女は、俺の言葉に眉根を寄せる。何を言うのか、といった体だ。

「自分のステータスにメッセージが表示されました」

「メッセージ？」

「はい。そのメッセージとは……」

一息を入れる。これが正しい選択か、否か。

しかし、目的がアリシア王女の心なのだから、この角度からのアプローチは絶対に必要だと俺は思う。

なので意を決した。

「【王女の心の鍵】を解放した。そして第四スキル【レベリング】を修得した。と、いうものでした」

「えっ!?」

アリシア王女は俺の言葉に驚愕する。

やはり無意識の影響だったせいか、自覚はしていなかったらしいな。

搦め手？　というべきスキルでの懐柔は上手くいかなかった。

検証の余地は残されているものの同じチャンスがいつまでもあるとは限らない。

だから俺は別の手段を取る事にする。

次に打つ手は……〝正攻法〟だ。

俺は、魔王を倒すという目的に邁進する。

王女に気に入られるように、王女の掌の上で動くんだ。

即ち勇者としての仕事をこなし、また王女に正面からアプローチしていく。

正直、召喚時のアリシア王女や、周囲の人間の【人物紹介】で、自分でも被害者意識が強くなり過ぎていた面があると思う。

テンプレを知っているからこそ、魔王討伐後の裏切りオチを先取りしていたというか。

『勇者として頑張って魔王を倒したのに、今度は魔王扱いして追い立てられて殺される』という、余りにもありふれた最悪のパターンを警戒するがあまり、そうならないようにと先んじて警戒し過ぎた。

分かるよ？　裏切られる勇者、魔王扱いされる勇者。感情移入しやすいよな。

でも実際、物語ならまだしも、その当人になるのは真っ平御免だ。

しかし、それを警戒するには、まだかなり早いと踏んだ。

異世界に来たんだから本当なら俺だって楽しみたい部分はあったのだ。

王道の異世界召喚を果たした勇者として振る舞いたい欲求が、やっぱりあったりもした。

万能スキルで出来る事が出来る事だっただけに、搦め手を基本戦略としてしまったんだ。

だが、ここからは……王道で攻める！　勿論、スキルで隠れてサポートもしつつだ。

今からでもなってやろうじゃないか。

王国や王女が表面上は望む王道の勇者に！

俺は今日から異世界にワクワクする一般的な（？）転移者だ！

そしてスキルも利用しながら、王女の心を開かせる。

王女の心を落とす……エロゲーの次は、ギャルゲー展開だ！

『魔王を倒すまでは王女も手を出して来ない』

これを前提に動く。一旦、王女の思惑は無視だ。

まずは何よりもスキルのロックを解除させる事を優先。第三スキルさえ隠しておけば他の全てのスキルを正確に把握されても良いと看做す。

だから、今回はこちらからカードを切る事にした。

【レベリング】が解放されている事について打ち明けるには絶好のタイミングだとも思うからだ。

このスキルだけなら警戒される程ではないだろう。

残りのスキルについても早めに解放した方が良いと向こうが判断するかもしれないし。

「まずは感謝を。王女様」

「……はい？　感謝、ですか？」

「ええ。この【王女の心の鍵】とやら。『召喚者が、勇者を認める事によって解放する』と説明されております。つまり、王女様が自分をお認めになってくださった事で俺は、新たな力を得る事が出来たのです」

「……」

実際の【王女の心の鍵】は、
・勇者召喚の儀式に組み込まれたスキルのロック
・王女が、勇者を心で認める事によって一時的に解放される
・王女の、勇者を心で拒絶する意思によって、スキルをロックする
……という説明文だけどな。

「今朝方、新たなスキルが修得できたという事は、王女様が旅立つ自分を勇者として認めてくださったという事なのでしょう？」

「え、いえ、それは」

「違うのですか？　今朝、目を覚ました辺りでスキルが修得できたのですが。朝方、就寝から起きる時間あたりに何か心当たりがありませんか、『アリシア王女』」

「……んっ！」

王女様は、少し顔を赤らめて目線を逸らした。

口元に手を当てて、何かを我慢するような仕草でもある。ちょっと可愛い。

今、アリシア王女には、二つの道具が装備されている筈だ。

◇感受性のヘアピン
◇透明のクリトリスピアス

二つ共に、透明・かつ認識されない効果を持つ。

ヘアピンについては確認できた。消えていないという事は効果は適用されている。

すると王女は、俺に『アリシア王女』と呼ばれる度、昨晩あんなに何度も絶頂を繰り返した夢の内容を思い浮かべてしまう。

更に馬車の中は狭く、対面に座っているとはいえ、距離も一m程度……効果は二重に発揮されている状態だ。

「そう、ですわね……心当たりは……はい。あります、わ」

「おお、では、やはり！　ありがとうございます。王女様！」

努めてニコヤカに感謝した。

心当たり、という言葉と同時に、淫らな夢を想起させられたのだ。

あれが原因だったと考えたのだろう。ていうかタイミングは違えど、それは事実だ。

実際のスキルの封印がどういったものかは不明だが……大きくシステム的な間違いは感じないだろう。

で、ヘアピンが外れておらず、その効果がしっかり機能しているという事は。

お澄まし顔をしているアリシア王女の下着の中では、しっかりクリトリスにピアスが装着されているという事だろう。

しかも、それを本人が認識していない。……そう考えるとエロいな。つい意識して股間を凝視したくなる。

「……勇者様、そのスキルについて詳しく聞いてもいいかい？」

「勿論です、騎士団長。【レベリング】というのは……」

ここは包み隠さずに話しておく。あまり全てに嘘を吐き続けると自分でも何が嘘で何が本当と伝えているか把握し切れなくなるからだ。

「これから勇者として、華々しい活躍……をしなければならないのですよね？　このスキルで自身を鍛え上げれば、それも可能となり、王国の……王女様のお力になれるかと思います」

「……そうですわね。ええ、よりお励みくださいい、勇者様」

アリシア王女は、内心を隠して微笑んでみせた。

さて、実際、王女に気に入られる為には何をしていけば良いのだろう？

テンプレだとあれだよな。盗賊団だけじゃなく、色んな悪党を退治して回るとかかもしれない。そういう仕事は王国側が用意するのだろうか？

……ただの政敵に対する嫌がらせを仕事として持ってきたりしないよな？

そういった系統の仕事であれば、逐一【人物紹介】で確認した方が良いかもしれない。

そう思って、ふとスキルの調子を見る為に、アリシア王女に第一スキル【人物紹介】を発動してみた。

そうすると。

◆アリシア＝フェルト＝クスラ
性別：女
年齢：17歳
プロフィール：
『クスラ王家の第二王女。亜人・獣人などの差別派。人族のみを人間と考えている人物。

また、異世界人を同じ人間とは認めていない為、異世界人は亜人や獣人と同類の汚らわしい存在だと看做している。召喚した勇者の事は使い捨ての兵器と考えている。また加虐趣味を持ち合わせており、亜人・獣人・異世界人が苦しむ姿を好む。異世界人を不幸の底に陥れる事を、不本意な異世界召喚の慰みにしようと考えている』

追加プロフィール：

『勇者に組み敷かれ、抵抗できないまま乱暴にされる事が、自身を性的に興奮させるものと自覚し始めているが、受け入れ難い気持ちもあり、葛藤している。また勇者との旅の過程で、肉体関係を持ち、勇者にとって自身が一番の存在となる事で、最終的に勇者のその気持ちを裏切る事が、もっとも勇者の感情を貶められるのではないかと考えている』

「……!?」

「勇者様？　どうかされましたか？」

「い、いえ……」

なんか王女の【人物紹介】にプロフィールが追加されてる！　俺は、隣に居る騎士団長にもスキルを使ってみたが……彼のプロフィールには更新は無い。変化があったのは王女だけだ。

「…………」

俺は、新たに追加された王女のプロフィールをまじまじと見つめる。

えっと……なんか俺と肉体関係を持ってもいいとか考え始めてる。

これは、あれだろう。この一週間で王女にした行為の影響だろう。

アリシア王女はなんか、Mっぽい性癖に目覚め始めているが、まだ葛藤があるらしい。

しかし、そんな性癖への自覚もあってか、肉体関係を持つ事もアリと考えている……。

だが、その最終目的が変わっていない！

あくまで俺を不幸の底に陥れる為に『あんなに信じていた恋人』という役割をこなそうとしているノリだ！　ついでに自身の性欲も満たそうとか、そういうノリだ！

……これは、アレだろうか？

身体の方は開発され始めたが心が全然、俺を認めていない。

そういうアンバランス？　な状態という事か。

たしかにスキルによる調教は肝心要の王女の心を懐柔できなかった。

スキルロックは一つ外せたが、それだけだ。

【王女の心の鍵】というからには、もっと彼女の心に寄り添ったものが必要という事だろうか？

◇◆◇

俺達が乗った馬車は、城下町の大きめの建物を迂回し、その建物の裏手に停められた。

「ここは？　まだ城下町の中かと思いますが」

「ここは冒険者ギルドだぜ、勇……えっと」

「はい。……もしかして名前ですか？」

「ああ。何だっけな」

「……篠原《しのはら》シンタです」

ここ一週間、勇者としか呼ばれてなかったもんなぁ。

まぁ、俺も王女とか騎士団長とか呼ぶ事も多いけどさ。

「シノハラ、ここが冒険者ギルドだ」

「はぁ……」

なんで裏から入るのか、とは言わない。お忍びなのは了解済みだ。

王女も居るしな。勇者と王女が居るって、それだけで騒ぎになりそうだし。

にしてもギルドかぁ。あるんだなぁ、うん。しみじみ。テンプレだテンプレ。

とはいえ、その業務形態は国によって様々だと思うが……どうなんだろ。

「何故、冒険者ギルドに来たのですか？」

「今回の話を正式にギルドに通す為ですわ。あとは、勇者様の身分証を発行致します」

「身分証？　……ギルドカードみたいな奴です？」

「そのまま、ギルドカードですわね」

冒険者ギルドのギルドカード！　テンプレだな！

ていうか、一週間も経ってから身分証が発行されるのか？

今までの俺は不法滞在者扱いだったり？　そりゃあ、俺の外出を控えさせるか。

そのまま俺達三人は冒険者ギルドの裏口へ行き、中の人間に対応を求める。

最初から話は通してあったのか、すんなり通されるのだった。

そうして建物内に入ると、自然と距離を詰めやすいので……王女様の半径一m以内に近付いてへアピンの効果で発情させる。

「『アリシア王女』様はギルドに来られた事はあるのですか？」

「んっ！　……ぁ、い、いえ。ありま……せんわ」

王女様は、顔を赤らめ、心なしか内股にもじもじとしている。

身体が発情状態になると、当然、敏感な部分が反応しだすワケだから、今の王女の下腹部に付けたピアスは、さぞ刺激的だろう。

しかも、淫らな夢のリフレインのオマケ付き。

王女の頭の中は今、ピンクに彩られているのだ。

彼女は、一人になったらまた自分を慰め始めるかもしれない。そのシーンは見逃さないようにしたいな。

というか、アリシア王女の身体の方は開発されてきているんだよな。

やはり、スキルロックの問題は彼女の心か。

◇◆◇

冒険者ギルドだが、やはり魔物を討伐する類の仕事を主に管理する組織らしい。テンプレだな。

困っている一般の人々がギルドに魔物討伐を依頼し、依頼料を納める。

そしてギルドは、その依頼内容の難易度を査定し、ランク付けをする。

冒険者側もまたランク評価されていて、自分のランクに見合った依頼を受注する事が可能。

この辺り、魔物討伐には生命の危険が伴うのだから、実力評価は割とシビアな査定みたいだな。

未熟な冒険者には、いたずらに危険な仕事は任せない為だ。

また冒険者には魔物討伐の証明として、魔物の部位等の素材を納品して貰う事もあり、ギルドは、その素材を捌いて金銭を得たりもしているらしい。

勇者よりも冒険者の方が興味あったりするな、俺。

とにかくだが色々とギルドについての説明を聞いて確認するに、発行して貰ったギルドカードが、この世界では身分の証明の一つとして機能するらしい事が分かった。

俺もギルドカードを発行して貰えば、晴れてこの世界の住民というワケだ。

不満は多少残っていたが異世界のギルド加入という行為にワクワクしよう、そう決めたのだ。

やったぜ、これで俺も冒険者だ、ひゃっほう。

必要な登録手続きなどを済ませた後、俺達はギルドの奥らしき部屋で人を待つ事になった。

◇
◆
◇

「王女様に……あんたが勇者様かい。へぇ……」
俺達が待っていた部屋には屈強そうな男が現れた。
俺達との間に小さな机を挟み、向こう側のソファにその男は、どっかりと座る。
そして、王女と俺の姿を無遠慮に見物した。
ちなみに騎士団長は動き易いようにか立ったままだった。……この男を警戒してる？
何故？
ひとまず第一スキル【人物紹介】を発動。

◆グロモンド＝レックザイナス
性別：男
年齢：51歳
プロフィール：
『剣聖と呼ばれる男。冒険者ギルドのギルドマスターを兼ねる。野心家であり、権力を追い求める傾向にある。嫉妬深く、自己顕示欲が強い。ギルドだけでなく、城下から周辺地域への派遣部隊である白狼騎士団を抱えていて、それを私物化している。勇者については、

使えるモノであれば利用しようと考えており、また王女が独身の内に手篭めにしてしまい、あわよくば王族の仲間入りをしようと企てている。バツ二、独身』

……おい、なんかベクトルが違う奴が来たぞ！　反応に困る！

「で、用件は聞いてた通りかい？」

「ええ。グロモンド様。まずは、勇者様には手頃な魔物退治を経験して貰いますわ。そして……例の盗賊団については、王侯騎士団が処理を致します」

「……魔物退治についてては勝手にやってくれて構わないがな。盗賊団狩りは……俺達の仕事じゃねぇかい？　そっちは、そっちの仕事をすりゃあいい」

「いいえ、お任せください」

あれ、王女様の権力が利かないのか、このおっさん？

彼自身もかなり偉い立場であり、色々と自由に動かせる私兵を持っているようだ。

強く出れないのかな？　しかし、王女狙いって、流石に年齢差とか……。中世風の世界だし、政略結婚上等なのかな？　王女様も色々と大変だな。

「しかし、縄張りを荒らされたとあっちゃ、俺も黙ってられねぇ。それに王女様よ、どうするんだい？　王侯騎士団が勇者に付いていって……〝その間〟に騎士団がいなくなった場所で問題が起きたら？　王女の責任問題になるんじゃねぇか？」

「そこまで王侯騎士団は軟弱ではありませんわ」

「どうかねぇ。魔物狩りもそこそこの実戦経験が少ねぇ、訓練重視の連中だろ？　いざって時に頼りになるんだかねぇ」

凄いバチバチ感が漂ってる!?　騎士団長も表情が剣呑だ！　王女も、先程までの発情状態の可愛らしさがなくなり、戦闘態勢に入っている！

えっ、怖っ。ライバル関係の組織のトップ同士なのか？

今にも戦闘が始まるんじゃないかって雰囲気を出してしまっているぞ。

今の俺、騎士団長クラスに暴れられたら抵抗できる強さは無いんだが？　俺の居ない所でやってくれませんか！

……この世界の住人って、闘気だかオーラだかで身体能力をブーストしてるっぽいんだよな。

そして今の俺は、その技術を使えない。封印されているスキルのどれかが、その補填だったりするんだろうか？

今現在、唯一の対抗手段が【完全カウンター】によって発生するらしいオーラの攻撃を相手に返して当てる事だ。

もし、対人戦という形になれば、とにかく相手の攻撃を防御してカウンターを発生させ、相手に返す戦闘スタイルになる。

無双ではなくて……なんだろうな、それって。

「いやぁ、俺は心配しているだけだぜ、王女様」

「心配とは?」

「勇者様のお守りで王侯騎士団が手薄になってよ。そんで、そこで都合が悪ーく、騎士団に問題が起きちまったら……王侯騎士団の信用もガタ落ち。王城や城下町の警護は、白狼騎士団に任せるべき……なーんて話になっちまったらよ。俺らも仕事が多過ぎて困っちまうからなぁ?　そうしたら……王侯騎士団は、盗賊団狩りみてぇにこれから〝外〟の仕事を手伝ってくれるのかい?」

「……それは、『貴方が』問題を引き起こすと言っているのかしら?」

えええ……。何だ、この人達。仲が悪いぞ!?

他所でやってくれないか、本当に!

グロモンド氏は、もしかして王侯騎士団の今の立場?　というのを手中に収めたいのだろうか?

「ははは！　そんな事はしねぇさ。ただ、本来の役割をちゃんと果たすべきだってぇ話だろ？　だいたい勇者様に騎士団のお守りなんて要るのかよ？　チンケな盗賊団ぐれぇ一人で行って壊滅させて来てくれや。それこそが勇者ってもんだろうがよ。おお？」

なんか挑発されている！　スキルロックについては……公表なんてしてるワケないか。

……あれ、これ、勇者が一人で行かなかったら『何であの勇者って自力で何とかできる癖に無双しないの？　スーパーマンなんでしょ？』とかいう評価を下されないか？　そして、それは王女の望む展開ではない。

それに人との命の奪い合いなのだから、騎士団の人間にも犠牲は出るかもしれない。

たかが盗賊団、されど盗賊団だ。

犠牲が一人でも出てしまえば勇者に不信感を持たれてしまう。

いや、最終的には、勇者への不信感ドンと来い！　なのが、アリシア王女のスタンスなんだが。

「……おお。何で黙ってんだい？　勇者様よ」

「はぁ」

凄いギラついた目で見られる。そう言われましても。

……こいつ、なんかヤバい感じがしないか？

一応、転送術の二人目のターゲットに指定しておこう。あとでチラっと監視しておきたいな。

あんまり、おっさんを監視したくないけど。

「頼りねぇなぁ。勇者だろうがよ。チョチョイと行って、悪党をバッサバッサと片付けてくれりゃあいいんだ」

この世界にとって勇者ってそういう存在なのか。

なのに、お忍びで来て妙な小細工をし、騎士団に頼ろうとしている勇者……そう評価されている。

勇者は実は弱い、偽者だったんだ！　という後の伏線として活用されないだろうな、アリシア王女？

今そのつもりがなくても勇者の本来の評価がこれである以上、そういった『勇者は実は偽者だった説』を流布する下地は整ってしまう。

……って事は、この場面。

俺の立場としては、自力で盗賊団を何とかする方向性こそが、後々の俺自身の不利益を潰せるって事か？

『あの人は、やはり勇者だった』『騎士団などに頼りもしなかった』という評価を獲得して、後に市井に流布されるだろう偽勇者の噂に対抗しなければならない。

アリシア王女が、そういった手で来るのかは知らないが。

あ、でも今の俺の力じゃ盗賊団狩りは無理だとアリシア王女は考えているんだよな？　そこで俺が単独で盗賊団狩りをするという事になったら……意識的にスキルロックを外せる王女が、スキルを解放するかもしれない？

盗賊団狩りも何も直接戦わずとも……アジトとかを見つけて、地道に遠くから転送術でひとりひとりこの世界から消してしまう、とかも出来るよな？　むしろ王女や騎士団が近くに居たら、その一番安全に盗賊団を倒せる手が使えない。

彼らには【異世界転送術】について知られたくないからだ。

転送術を心置きなく使っても良さそうな悪人だったら……色々と実験が捗る。よし。

「王女様。たしかにグロモンド様のおっしゃる通りです。仮にも自分が勇者である、というのなら……やはり、ここは騎士団の手など借りず、自分が一人で何とかすべきではないでしょうか？」

俺は、そう進言することにしたのだった。

11話　魔王に掛けられた王女の呪い

「お言葉ですが、勇者様。今の勇者様にそのような事をお任せするのは……」

あ、そのことはバラすのか？　今の勇者は弱いって。

なんか敵対者っぽい人だけど、話は通っているんだろうか。

「勇者様の力は頼りになるものです。ですが、この世界についてはお詳しくないでしょう？　そこをワタクシ共が支援するのは、王族としての責務ですわ」

「王女様……」

つまり、弱いことはバラすな。原因は他にあると振る舞え、かな。いや、スキルロックの仕様については俺は知らない前提だから気にしないでおくか。

「盗賊団の居場所を調べるぐれぇは、してやらん事もねぇ。盗賊団狩りをしてやろうって冒険者連中を抑えるなんて事は出来ねぇがな。……で、勇者様がこう言ってんだからよ。王女様も任せちまえばいいじゃねぇか。それとも何だ。王侯騎士団をわざわざ動かしてぇ理由があんのか？　わざわざ、俺の白狼騎士団の仕事の領分に喧嘩売ってまでよ」

「……それは」

「王女様……」

俺は、王女に身を寄せて耳打ちする。

「俺には王女様に認めていただいた、新しい力があります。それがあれば……ええ。力を試してみるのも良いかと思うのですが。これは『アリシア王女』……に認めていただいた、自分の力を振るう時だと思います」

「んっ……」

俺の言葉に、王女は、頬を紅潮し、目を潤ませて、少し身体を震わせた。

『アリシア王女』というキーワードで魔道具により、淫らな夢を想起して、クリトリスのピアスで刺激されたせいだろう。距離的に、身体も発情状態に入っているだろうしな。

しかし、王女狙いだという剣聖様は、そう受け取らなかったらしい。

「はぁん？　へへ、なんだ、アリシア王女様は、召喚した勇者様に熱でも上げてんのか？」

「……そう見えるのですか、グロモンド様」

「ああ、そう見えたたねぇ」

その目には、ちょっと嫉妬？　か怒りが混じっているように見えた。

当然、憎しみの対象は……俺、だよなぁ。

しかし、俺に熱を上げている判定はアリシア王女にとって地雷だ。

お澄まし顔だが、若干イラついた気がする。

異世界転移して、そして王道を歩むと決めた、何も知らない一般転移者な俺は、ひとまず能天気に笑った方が良いだろうか。

『そんな王女様と恋仲だなんて、へへへ』と。

……王女狙いのグロモンド様には完全に煽りだ。やめておこう。

今のところレベルを上げても物理で勝てない。

「まさか、その勇者様を参加させる為に闘技大会の予定を早めたのかい、アリシア王女様」

「……どうかしら？　ご想像にお任せしますわ」

闘技大会？　なにそのテンプレ感溢れるイベント名。

しかもアリシア王女が、その大会の予定を早めた？

なんか勇者や魔王に関係しているのだろうか？

「まぁ、何にせよだ。王侯騎士団が、俺の白狼騎士団の領分を荒らそうってんなら、俺も黙ってねぇ。だから認めねぇ。強行してぇんなら別だがな。その場合、どういう事になるかは考えておけよ?」

「そうですか……」

ふむ。王女も、この辺り、やり手というワケではない?

上手くいく予定だったのか。それともダメ元で打診に来たのか。

相手は、自分よりも何倍も年上で組織の経営者っぽいしな。

小娘が何を……という感じに思われていたりするのかも?

アリシア王女狙いのグロモンド氏の前で、表面上イチャついたように見える俺のせいで、頑なに申し出を断られた……というワケではないことを祈ろう。

いや、知らんし。

「分かりましたわ。では、せめて件の盗賊団について分かっている情報を勇者様にお渡しください。……実際に、王侯騎士団は動かない。そういう運びならよろしいですわね?」

「おう。そういう事なら、資料は用意してあるぜ」

資料か。そういえば、異世界言語って俺は読めるのか?

んー……。んー……? あ、なんとなく分かる!

おお……これこそがチートだ!

外国語の勉強要らずで、外国語が読める!

英語も読めるようにしてくれ！　あと中国語も！

「では、ギルドカードの受け取り。そして、盗賊団退治への協力の取り付け。有難く受けさせていただきますわ。グロモンド様。お時間を取っていただき、感謝致しますわ」

「おお、おお。こちらこそだ。やっぱり、王侯騎士団と俺の騎士団の関係は、持ちつ持たれつじゃねぇとな」

んー、王女的に既定路線か？　まぁ、盗賊団の情報も手に入ったみたいだしな。王女が立ち上がったので俺もそれに合わせて立ち上がり、一礼する。

ギルドの会員らしき人間が持ってきた資料は騎士団長が受け取っていた。

そして部屋を退室する際、剣聖グロモンドは言う。

「王女様、一ヶ月後の闘技大会は楽しみにしててくれよ。俺も出る予定だからな」

「……まぁ。剣聖とも言われる方が出て下さるなら、ワタクシも興行を打った甲斐がありますわ」

王女発案のイベントだったりするのか？

この異世界の事だから、イベント発足委員会立ち上げ費用にイベント会場設営費用、人件費に広告費……お金が掛かった一大イベントなんだろうな。

そんな事をしてて魔王の脅威、大丈夫か？

いや、世界が危機に瀕しているからこそ、お祭りが大事だ、ということで何か画策しているのかもしれないな。

「伝統ある王家の為に応援してるぜぇ、アリシア王女」

「……感謝致しますわ、グロモンド様」

なんか含みがあるな。最後までバチバチ感がある剣聖とのやり取りだった。

◇◆◇

「……」

俺達は馬車に戻り、そして中で渡された資料を読む。

……いや、俺は読むのは止めておいた。

馬車は揺れが酷く、移動中の馬車の中で文字を読んだら酔いそうだったからだ。

落ち着いてから目を通そう。

「王女様。ご質問よろしいですか？」

「ええ、勇者様。何でもお聞きください」

「その、闘技大会というのは何です？」

なんとなく俺も関係してそうだし、聞いておきたい。

「闘技大会とは……武勇を競う大会を、王国主催で行っておりますの。武器と魔法、両方ありの力を示す大会ですわ」

「へぇ。それってこう……トーナメント形式で、五人チームで挑む大会とか？」

「いいえ、トーナメント形式ではありますが、個人で臨む試合の繰り返しですわ」

「個人戦の大会ですか」

ふぅん。そんなもんに剣聖とか言われている男が出てきたら、優勝間違いなしじゃないか？

「その闘技大会で優勝した者には『王女直属護衛騎士《プリンセスナイト》』の称号と任が与えられる栄誉がありますの」

「プリンセスナイト？」

何それ、かっけぇ。勇者とどっちが憧れの職業なんだ？

「……そして、王女は、王女直属護衛騎士の中から自分の伴侶を選ぶのが伝統ですわね」

「はい？」

え、何。じゃあ、それ、王女様の婚活イベントって事？

あ、だから剣聖がやる気出してるのか？　優勝して王女の旦那になるぞーと。

そういうの、どうなの？　王女の旦那とは、即ち王である。

王になるのに、はたして個人の武力は必要なのか？

中世風異世界だから、力を示した方が民の支持率が上がるんだろうか？

アリシア王女自身も自ら魔王討伐の旅に同行する心構えだしなぁ。

「先程、会った方。グロモンド＝レックザイナス様は、ギルドの長であり白狼騎士団の長でもありますわ。そして、同時に剣聖とまで謳われる実力者。つまり、闘技大会の優勝候補ですの。……それはワタクシの将来の夫となるのに最有力候補なのですわ」

「ほう……」

あんまり仲良くなさそうだったが、その辺りは冷静に認識しているのか。

「……闘技大会の予定を王女様が早めたと、聞いたように思いますが」

つまり結果として、あの男との婚約を王女自らが押し進めた？

「そうですわね」

「彼と結婚したいのですか？」

収入は安定してそうだったよな。立場もあるし、名声もあるだろう。王女の趣味が分からんが……異世界人や亜人・獣人よりもグロモンド氏の方が百倍マシ！　と思ってるかもしれない。

「まさか。そんなワケありませんわ。あの方の年齢を知って、勇者様はそう思えますの？　彼は、確か50歳は越えているんですのよ。勇者様と同じ歳のワタクシにとっては、夫とするには厳しい相手ですわよ」

あ、そうなんだ。

「では、一体どういったワケで、大会の予定をお早めに？　彼が出て来る事が予想外であったとか？」

「それは……ですわね」

王女は目を伏せる。俺には言えない裏の事情か？

「ルイード騎士団長。少し外してくださる？　ワタクシと勇者様だけにして欲しいの」

「……ええ。分かりましたよ」

ん？　まぁ、いいんだが。いいのか？　異世界人をもっと警戒しなくて。

性欲オーク、性欲ゴブリンだぞ？　少しは信頼してくれたのか？

騎士団長は、馬車の中から扉を開けて、御者台の方へと移動した。

御者の男性に声を掛けているな。

「勇者様。ワタクシは、剣聖グロモンドと婚約したいワケではありませんわ。ですが……そうですわね。早く婚約者を見つけたいのです」

「早く婚約者を見つけたい？」

何だろうか？　この世界の結婚適齢期が、かなり早めだとか？

魔物が居る世界だし、魔王まで存在する。

平均寿命が短そうな世界だもんな。

……ところで、騎士団長が席を外した事により、馬車の中でアリシア王女と二人きりになった。

距離は一m以内なので、アリシア王女は発情の状態異常に見舞われている筈だな。

「一応聞きますが、何故？」

「……勇者様は、亜人や獣人といった存在をご存じかしら？」

「えっと」

存在することは知っている。どういうものかは想像も付く。だが、見た事、会った事は無い。

「自分が住んでいた世界では、そういう概念の種族について語られる書物とかはありますね。ただ、自分は会った事などありません。おそらく、俺の世界には生きていないのでしょう」

「まぁ、亜人や獣人のいない世界だなんて。とても興味深いわ」

素敵な世界〜とか思ってんのかな。

いや、異世界人もアレ判定なんだろうけど。

となると、ただの地獄か？　アリシア王女にとっては。

「勇者様。ワタクシの国は、人が人の為に支えてきた人の王国ですわ」

「はい」

人民の、人民による、亜人・獣人以外の為の王国ですかね。

「この世界には、亜人や獣人といった種族を基本の民とする……獣国という国が存在します」

「ほう！」

獣国！　初耳単語だ！

王国には王女が居て、聖国には聖女がいる。

魔国には魔王。魔女とか居るのかな？

すると獣国には獣女？　なんかパッとしないな。

「我がクスラ王国は、ながらく獣国とは……領土争いなどで戦をしている過去がありました。今現在も、という程ではありませんが……」

「はい」

やっぱ、国同士仲が悪いのか。テンプレだな。

「しかし、近々、正式な和平が結ばれる予定なのですわ」

「そうなんですか？」

魔王問題のせいだろうか？　世界の危機にいがみ合っている場合ではない、みたいな。

「はい。そして、その和平は、王女の、獣国の王子との婚約によって成立する予定ですわ」

「はい？」

え、アリシア王女、亜人か獣人と結婚するの？

汚らわしい存在とか思ってるのに和平の為に？

それは中々に辛いな！　その汚らわしい対象に俺も入っているのはさておき！

美女と野獣（美女側は不本意）は、かなり厳しいんじゃないか？

「ワタクシの姉である、第一王女。ソフィア＝フェルト＝クスラが、獣国の王子と……恋仲にあって、長く付き合った結果、そういった運びになったのですわ」

「はいぃ？」

第一王女!?　えっ、王女二人いんの？

あ、いや、【人物紹介】に最初から第二王女って書いてある！

「そ、そうですか。それは何と言ってよいのか」

「……」

おめでとうございます、と言いたいが、アリシア王女的には不本意に違いない。差別派だしな。

対して第一王女であるソフィア様とやらは、差別どころかケモナー……かはともかく、獣国の王子とばっちり婚約を決め、更に対立していた二国の和平をも決めてきたという。

……これ、アリシア王女はどういう立場なんだ？

それともこの王国、実は普通に跡継ぎの王子とかが別に居たりする？

「ですが、我が姉、ソフィアの婚約と獣国との和平を快く思っている者ばかりが、我が国の民というわけではございません」

「それは……そうでしょうね」

王女が、そういう派閥だろうし。長い歴史とかもあるだろうな。テンプレだ。

「……勇者様。隣に座ってもよろしいですか？」

「え？　あ、はい」

王女が断りを入れつつも、有無を言わせず、距離を詰めて来た。え、何、何なの？

「獣国との和平……まではさておき、そこまで王国と獣国との密接な繋がりを望まない者達の中には、ワタクシに婚約を決めさせ、王位を継承して欲しいと思っている者も多いのですわ」

「あー……」

なるほど。それが人族主義の派閥？　根が深く、また数も多そうだ。いや、分からないが。和平という言葉だけ聞くとソフィア王女派を支持してしまいそうだが……。

「その結果、闘技大会の予定が早まり、つまりアリシア様のご婚約の予定が早まったと？」

「……そんなところですわね」

へぇ。へぇー……。なんか色々と聞けるようになったな。

今まで別に隠されていたってワケでもないのか？

試用期間中だったのかな。王城での一週間って。

「ですが……ワタクシ、闘技大会で……勇者様に優勝して欲しいと思っておりますわ」

「……はい？」

順序立てていくと、プロポーズ？　アリシア王女が？　まさかぁ。

「勇者様。ワタクシ、あのような年齢の男性と結婚するなんて嫌ですわ」

「そう、ですか。そうですよね」

よよよと、泣き縋るような仕草の王女様。

どういう裏があるんだ、この可愛らしい感じ。

「しかし、自分にそのような実力があるとは……」

「まぁ！　あなたは勇者ですのよ？　それぐらいの事はできますし、そして闘技大会で優勝すれば、誰もがワタクシの夫として認めてくださると思いますわ！」

「えぇ……？」

ヤバい、混乱してきた。アリシア王女の狙いは何なんだ？

発情状態が続いたせいで壊れたのか？

「勇者様。ワタクシが、勇者様と魔王退治の旅を共に行くことについては、すでに話しました」

「ええ、聞いております」

「……では、勇者様に隠しておく事はいつまでも出来ないでしょう」

「隠す、ですか？」

「はい。勇者様。この事は……誰にも。ルイード騎士団長にも話さず、勇者様のお心の中だけに留めておいて欲しいのですが」

「……分かりました。他言は致しません。聞きましょう」

何だろ、隠し事？　沢山あるだろうとは思うが。

ここでわざわざ打ち明けるようなこと？

「実は、ワタクシの身体は今……魔王によって掛けられた呪いに苛まれているのです……」

「えっ⁉」

そうなのか⁉　知らなかった！

つうか、魔王何してんだ？

植物のくせに色々とやるな、魔王！　とんでもねぇ奴だ！

「その呪いというのは……。このワタクシの身体を、……淫らに変えてしまうものです。……その。色欲を高め、定期的にその欲を解消せねば、淫らな悪夢に苛まれてしまう、という……そんな怖ろしい呪いです」

「…………」

その呪い掛けたの、魔王じゃなくて勇者ですー。

申し訳ございません、魔王陛下。

とんだところで冤罪を発生させてしまいました。

アリシア王女には匿名のメッセージを送り付けている。

『召喚における代償：勇者から離れ過ぎると、召喚の乱れ・反発により異世界（勇者の世界）へ、一時的に転送される』

『召喚における代償：異性との交わりによって、召喚儀式の乱れを誘発する』

『スキル封印における影響：性欲の高まり』

『スキル封印における影響：定期的に性欲を解消しなければ、自身が望む形の淫らな夢を見る』

……というものだ。

転送術の度に積み重ねた、俺がアリシア王女に課したルールみたいなもの。

「このような呪い……他の誰にも言う事ができませんわ」

「えっと。俺には言って良いのです？」

「ええ。勇者様ならば信用できると思い、お話しさせていただきました」

「信用、ですか」

もっとも信用から遠い場所にいる筈だが。

発情のせいで考え方がバグッてるのか？

「その、それに」

「それに？」

「ワタクシ、勇者様のこと……会って間も無いのですが……お慕いしているのです！」

そう、目を潤ませ、頬を赤らめ、迫ってくる王女様。

「王女様……」

何も知らなかったら、王道展開にときめくんだが。

これ、アレだよな？　追加プロフィールにあった『勇者にとって自身が一番の存在となる事で』というくだりのアレ。

性欲の高まり自体は、継続的に続くと受け止め、また自身の性癖も自覚し始めた。

朝から色々と俺が仕掛けた行為もあり、このままでは旅どころか日常生活に差し支えると、王女視点では思っていたかもしれない。

「勇者様。ワタクシの為に、闘技大会で優勝し、ワタクシの婚約者になってください。そして……魔王退治に向かう旅の間、その……お恥ずかしいのですが、ワタクシの事を……慰めていただきたいのです……」

尚も迫るアリシア王女。デレ……というか、これは！

この女、自分の都合でロックした勇者のスキル封印についての代償（という設定）を、詳細を隠したまま、自業自得みたいな問題を棚上げにして！

すべて魔王のせいという事にし、それを都合のいい問題へ勇者のけしかけ&勇者の懐柔

のネタに使ってきやがった！

……ヤバい。アリシア王女、けっこう根性の人だ。

『転んでもタダでは起き上がりませんわ！』という意気込みを感じる。

自身に起こる身体の不調や不本意な夢に対してコントロールしてみせるという意思がある。その為には倒すべき勇者との肉体関係も辞さない。

それもこれも最終的には、この勇者を地獄に突き落としてやる為だ、というゴールを見据えて、体調管理に乗り出し始めたのかもしれない。

彼女にとって、勇者との肉体関係すらも武器の一つなのだ。

彼女を仮にスキルによって快楽漬けにしても心が折れないかもしれない。

そうしたら、俺の目的は果たせない。

必要なのは【王女の心の鍵】の解放なのだから。

セックスが気持ち良くても日本には帰れないのだ。

それはそれとして、ここまで迫られた以上、遠慮なく応える。

目の前には異世界の美少女（発情中）だ。据え膳は容赦なく食う。

「『アリシア王女』」

「んっ……勇者様……」

迫ってくる王女様に対し……、顔を近づけてみる。

王女は、もう朝から色々と身体を燃え上がらせられていたせいか、出来上がっている。

拒絶はされなかったので、そのままキスをした。

アリシア王女とのファーストキスだ。

「んっ……」

異世界に勇者として召喚され、美しい王女様と揺れる馬車の中でキス。

王道の物語が今、始まった。……だったら良かったのだが。

「んっ、……、もう少し……強く……」

そう言えば、王女は乱暴にされたい性癖に目覚め始めていたな。

俺は、迫ってきていたアリシア王女の身体を強く抱き寄せ、キスも深めていく。

「……はぁ……」

口を離して……見つめ合う。

「ワタクシの願い、聞き入れてくださいますか、勇者様?」

「……はい。王女様」

こうして、俺達は内心でどう思っているかはさておき……仮初の恋人という形を取ることになった。

12話　アリシア王女の条件

「んっ……ちゅっ……はぁ」

俺はキスをしながら、アリシア王女の身体を逃さないように片手で強く抱き寄せて、もう片方の手は彼女の頭に軽く添える。

王女からは、意外な程に抵抗や拒絶の反応は無かった。

さんざん身体を昂ぶらせていたせいか、行為自体は満更でもないのかもしれない。

この一週間の悪戯と、魔道具の効果のお陰だな。

「はぁ……」

「『アリシア王女』」

「んっ……」

彼女は、俺の言葉に反応するように、目をチカチカと眩ませている気がした。かすかに身を震わせる。

今、身体と頭の中の両方から責められているようなものだしな。

もっと気持ち良くなりたいという欲求に溢れているかもな。

「はぁ……んっ……ゆ、勇者様……少し、お待ちを……」

紅潮させた頬に、熱い吐息を漏らしながらも王女は言う。

「どうかされましたか？」

「はい……。あの、ワタクシは、一国の王女です」

「ええ」

こうして衣服を着たままとはいえ、身体を密着させて彼女は平気なのだろうか。汚らわしい存在と思っている筈だが……。【人物紹介】のテキストを疑ってしまいたくなるぐらい、受け入れられている気がしてしまう。

「ですので……その。身体の交わりまでは、簡単にするワケにはいきません……」

「……はい」

かなり興奮するシチュエーションなんだが本番はナシか？

アリシア王女はヤらせてくれない女だった！

「ですが、お身体の方は大丈夫ですか？」

発情状態がずっと続いている筈だが、我慢できるのかな。

我慢できるなら、異世界人である俺に迫る必要性は無い気がするけど。

「んっ、……いえ、慰めては欲しいのです……」

慰めるとは。

「交わるなら……闘技大会で優勝し、婚約者となられてからなら……ワタクシも……」

ふむ。婚約を決めるまで本番はお預けよ、と。

薄々感じてはいたが、アリシア王女って実は貞操観念が強い方なのか？

「自分に何をお望みですか、『アリシア王女』」

「んっ……。はぁっ……。その、交わるのは待って欲しいのですが……。代わりに……こうして口付けや、……ワタクシの身体に触れて、撫でていただければ……」

えーと。

アリシア王女の認識上、自分の身体は性欲が高まり、定期的な発散を必要としていると思っている。

そして、その影響だと予想される自分の身体の今の発情状態。

朝から身体を昂ぶらせて、くらくらとしたような状態を勇者の俺に見せてしまっている。

たぶん、アリシア王女も我慢がし辛いぐらいにはなっているのだろう。

人が見てなければ、自慰をして発散する行動に出る王女だしな。

アリシア王女はイキたいのだ。

イって満足したい。でなければ、ずっと身体の状態が不調のまま。しかし、本番は控えたい。

更に言えばアリシア王女は、勇者の俺に組み敷かれ、抵抗できないまま乱暴にされるシチュエーションが、自分を満足させると自覚し始めている。

なので、王女が俺に求めている事は……。


「自分は、王女様の身体を愛撫し、何度か……果てさせて満足させれば良いのですか？」

「は、はい……！　勇者様……ワタクシをお慰めください……」

つまり、自分がムラムラする度に、性癖的に最高に昂ぶれる勇者を使った勇者オナニーをしたいと。俺の方の性欲の発散はお構いなしか？

……しゃらくせぇ！　と言いたいが、王族の常識が分からないな。

王族の行為は、そういう献身を求める感じこそが王道なのかもしれない。

というか、前戯で果てさせて欲しいという要望は、逆に背徳的でエロい気もする。

俺自身は思い出して後で処理すればいいしな。

あと、俺のゴールはアリシア王女とのセックスではない。

むしろ、この提案は良い提案かもしれない。

俺は、アリシア王女の心を開きたい。

だが、王女は勇者を性欲オークだと看做していて、その評価が低い。

ここでセックス！　セックス！　というノリで動くと『やっぱり異世界人はオークと一緒ね！』という意識を強めてしまう。

それは避けたいところだ。しかし、ここで大人しく振る舞えば、そういった評価を覆せる……？　微妙かな。


「では、『アリシア王女』」

「んっ……」

名前を呼ぶ事で反応する魔道具効果により王女の発情を更に促し、その身体を昂ぶらせる。そしてより強く抱き寄せ、王女の唇を奪った。

「お身体を好きに……させて貰う分にはよろしいのですね？」

ここは有無を言わせたくないので強く抱き締めながら言う。

身体ごと逃がさないスタイルだ。

アリシア王女は、抵抗できないシチュエーションの方が興奮するらしいしな。

「はい……んっ」

であれば遠慮なく、身体を密着させつつ、何度もキスを繰り返した。

最初は浅く、だんだんとディープに。

舌を入れても平気か……と思ったけれど、アリシア王女も発情で抑え切れないのか、抵抗は無い。

やがて王女の方も舌を入れ返してきた。

「ちゅっ……んっ……ふぅ……はぁ……」

『アリシア王女』

「んんっ……はぁ」

魔道具効果もあり、王女を性的に手玉に取る事は出来そうだ。

王女を性的に満足させるに越したことはない。

それでスキルのロックが外れれば万々歳だ。

俺は、体勢を変え、王女を膝の上に乗せて、後ろから抱き締める形を取る。そして……

ゆっくりと胸に手を伸ばした。王女をどう愛撫すればいいかは予習済みだ。

淫らな夢を見せられながら悶え、喘ぎ、王女自身の手で性感帯を探り、自慰に耽る様を観察した経験を活かせる。

彼女がどう責めて欲しいのか、ある程度の察しは付いた。

「んっ、ふぅ……んんっ……」

「『アリシア王女』」

「はぁっ……ん……」

俺はアリシア王女の太ももに手を這わせ、そして、その足を開く。

「……触れても良いですか、『アリシア王女』」

「んっ、は、はい……」

了解を得てから、俺は王女の秘部に手をやる。

強く刺激しないようにしつつも触れた。もう既に敏感になり切っている場所の筈だ。

「はんっ……あっ！　んっ……！」

おお、ずっと気になっていた事を確認できたぞ。

王女のクリトリスには、ピアスがしっかりと装着されたままだった。

……こんなにも敏感な場所に、本人の意思を無視して装着されている。

そして、それを認識させない事まで可能だったと証明できた。

スキルの仕様幅は、やはり膨大だな。

あとは、その強度と、道具としての格の検証をしたいと思う。

……朝から、いや昨日の晩に眠ってから、王女は、ずっとクリトリスにピアスを付けているんだ。
その部分は、興奮して、しっかりと反応してしまっている。
ここを擦られた時の王女の反応は一際だった。
「あっ！　はぁんっ……！　んっ、あっ……待っ、やぁ……！」
あまりに激しくし過ぎても良くないか。
王女の信頼を勝ち得たいところだしな。
しかし、乱暴にされたいんだよな、王女って……。
王女の反応をしっかりと観察しながら念入りに彼女を昂ぶらせていった。
キスをし、胸を責め、足を開かせ、陰部を擦りあげる。
服を脱がせてしまいたい衝動に駆られるが、我慢をする。
「やっ、はぁ、んっ……んんっ、」
王女の内心は、今、どう揺れ動いているのだろう？
発情させられて、頭が朦朧としている部分はあるのかもしれない。
行為が終わり、冷静になった後は、なんて事をと自己嫌悪に陥るのだろうか。
それを見るのもまた一興な気がする。
「ぁあん、やっ、あっ！　ぁあんっ！　んんっ、い、イッ……ク……！」

俺の膝の上で、胸と秘部を刺激され続けた王女はM字に開いた足をビクンと震わせて……絶頂した。

「はっ、はっ、はぁん……」

俺の膝の上で、ピクピクと小刻みに身体を震わせながら、アリシア王女は絶頂の余韻に浸るのだった。

◇◆◇

「どうでしょうか、アリシア様。少しは、お身体を鎮められたでしょうか？」

「はぁ……んっ……はぁ……」

絶頂の余韻をたっぷり残しながら、俺の腕の中で息を整える王女にお伺いを立てる。

「お望みであれば、もう少し激しくして、もう何度か果てるお手伝いを致しますが、『アリシア王女』」

「あっ、……はぁ……。い、いえ……。今日は、この辺りで……」

そうか？　俺は、まだまだいけるが。

というか、俺は何も満足してない。

いや、満足はしてる、かな。

今日は、直接この手でアリシア王女をイかせる事が出来たのだ。

こうしてビクビクと震える身体全体も堪能できている。

王女に付けるクリトリスのピアスは、効果内容を日々変えて、色々と弄んだりしたいな、という欲求が生まれた。

……後で自分の欲を処理する機会を見つけよう。

「ま、また……次の……機会に、お願いしますわ……」

「ええ、わかりました」

次の機会を想定しているのか。……まぁ、王女視点だと、自身の身体を蝕む性欲の高まりは、長い事付き合っていかないとダメという認識だろうしな。

◇◆◇

衣服の乱れを直し、息を整え、互いの状況を整理する時間を置いて……座り直して……馬車は行く。

しばらくして馬車の移動は終わり、騎士団長が戻ってきた。

その時には何事もなかったかのように俺達の支度は終えられていた。

馬車は……城下町の外れの方の宿屋で止まったらしい。

騎士団長も服を着替えて、宿で部屋を取る。

宿泊部屋の中に入り、今後の予定の確認を行う段取りらしいな。

「勇者様には、魔物狩りを経験して貰います。自分と……王女も同行しますがね。で、盗賊団狩りを……得ている情報を元に、勇者様が単独で……して貰うという話になってしまったワケですが」

騎士団長目線の現在の俺の戦闘力では厳しい判定だろうな。

しかし、今朝方、【レベリング】については打ち明けている。

「……魔物狩りをこなせば、盗賊団を退治できる実力が付くのではないかと、自分は思っております。歴代の勇者とは、そのような力を持っていたのですよね？　ならば、可能ではないかと」

「そうだな。……王女様は、どう思われます？」

騎士団長はスキルロックについては知っている。

だから、これはここで一つ、スキルを新たに解放するか？　という打診だ。

「それについては……ええ。ワタクシにも、報告すべき事がありますの、勇者様」

「はい。何でしょうか？」

「勇者様は、今朝、新しいスキルを修得したとお言いになりましたよね」

「はい」

何だ？　ロックについて白状する気か？

「その件について……やはり伝承は本当であった、と思い至る事がありましたわ」

「伝承ですか？」

「ええ。勇者様のスキルについての伝承ですわ」

ほう。その伝承とは？

「聞かせていただいても？」

「はい。それは、勇者様が新しいスキルを得る為に伝えられた逸話ですの」

「ほう」

「一つ目は、旅立ちの日。召喚した王族が認める事によって得られる力。そして、二つ目は……魔物を倒して得る力。そう古い伝承に残っていたのですわ」

……いや、俺のスキルを封印してんの、あんたじゃん？

その事については俺は知らない前提だけどさ。

「魔物を倒して得る力、ですか？」

「ええ。それは勇者様の【レベリング】を指すのかもしれませんが……伝承では、新たなスキルを得る為に、魔物を倒し続けたとあります。つまり、ですわね」

「はい」

「勇者様は、これより……魔物を倒し続ける事で、五つ目のスキルを修得される。……そういう事ですわ！」

「……なるほど？」

いや、スキルのロックを外すの、あんたじゃん？

何故、魔物を倒さなければならないのか。

魔物との戦いは、俺も初体験であり、命懸けである事が予想される。

現状、騎士団長の評価からして、一方的にやられるような印象ではないが、しかし無双の目処は立っていない。

その魔物狩りの数をこなせと？　命を懸けて？

特にロック解除には、本当には必要無いのに？

あれだろ。魔物狩りをこなさせたら、それはそれで【レベリング】の強化値が上がる。

そして、魔物をある程度倒したところで、タイミングを見計らい、王女がスキルのロックを解除。

そうして、

『やはり伝承は本当だったのですわね！　おめでとうございます、勇者様！』

……と、アリシア王女は、言ってみせるのだ。

実際には、魔物狩りなんて必要なかったにも拘《かか》わらずな。

王女ォ……。

また、午前だけでは耐えられなくなるぐらいに発情させ続けるぞ！

「でしたら、それをこなし、新たなスキルを得る事が出来れば……盗賊団を単独で制圧する目処も立つ。それに……実力差のあるであろう剣聖が相手でも、闘技大会で制する事が出来る目処が立つやも、と？」

「ええ、その通りですわ、勇者様！」

期待を胸に溢れさせてます、という体で王女は応える。

うーん。しかし、これは正攻法路線で攻めた成果でもある。

王女は言っているのだ。

『この条件を満たせば、新たなスキルを解放してやる』と。

これは言ってみれば、王女発のクエストだ。

現状、表向きに一致する俺と王女の目的は盗賊団の勇者単独撃破。

そして闘技大会で、剣聖をくだしての優勝である。

どちらも純粋な力が必要だ。

また、そもそも王女が俺の力を封印している理由は、勇者の暴走を縛り、自らの制御下におく為である。

しかし現在は状況が変わった。

俺は、王女の婚約者となる事を目指しているパートナーだ。

王女としては、自身に生じたスキル封印の代償である性欲の暴走を解消する為の止むを得ない手段。……であったが、勇者の俺がここでその恋人関係に浮かれてみせれば、『しめしめ、上手く騙されてくれていますわ！』という、管理ができていて、更に王女の利益通りに動いている勇者。という認識が成り立つ。

ならば多少のスキルの解放は認めても良かろう……と。

王女の条件をこなせばいいだけなら、文句も言わずにやってみるべきだろうな。

下手に拒否する理由は無い。

この世界に魔物が居て、そして自分が勇者であり、またすぐに日本へ帰る当てが無いのであれば、魔物との戦闘の繰り返しは避けられないのだし。……よし。

「であれば話は早いですね。騎士団長。今の俺でも狩れる魔物がいる狩場などにお心当たりはありますか」

とうとう俺も魔物との戦いデビューだな！

13話　初めての魔物狩り

翌日、俺が異世界に来て八日目。
俺が異世界に来て、初めて遭遇した魔物は『トレント』……歩行する木の魔物だった。
身体が木で出来たテンプレの魔物だな。……植物魔王の眷属じゃあるまいな？
魔王は人型疑惑があるみたいだけど、こういう感じのボス格なんだろうか？
勇者の初戦の魔物系のボスが魔王……まさにテンプレだ。
狩りの場所は、城下町を抜け、街道を逸れて、すぐの森の中。
パーティーメンバーは、アリシア王女とルイード騎士団長。
王女を戦わせる事については良いらしい。
まぁ、どちらかと言えば、騎士団長が王女の護衛を優先的に行っている。
トレントは騎士団長クラスにとっては雑魚の魔物というところだろうか。
この魔物狩りは、俺の戦闘試験のようなものだ。
しかし、木の魔物かー。

……動きが鈍い方の魔物のようだし、行けそうかな？

【レベリング】のお陰で身体も充分に動く。

チートかどうかはさておきだが、駆け出し冒険者程度の実力は付いたと思いたい。

問題は、剣聖とまで言われる男の対処や、盗賊団といった対人戦かもしれないな。

いや、魔物相手にも気を抜ける余裕は、俺には無いが。

植物属性の魔物なんて、王女様の火魔法で一発じゃん？　という考えが浮かぶが、自国の森に火を放つなんて愚行を王女は犯さない。なので、楽はできなかった。

トレントは、焚き火の燃料にもなるらしい。

これ系の植物魔物は、どこの地域にも出るらしく、倒す時は水や火の魔法は控え、焚き火の材料として視野に入れろと教わった。

……どこの地域にも出るなんて、なんか魔王の手先っぽいな、おい。

◇◆◇

次に戦ったのは『スライム』だった。

身体がスライム状に出来た、テンプレの魔物。

ただし、デフォルメされて人気の高い系のデザインではなく、表情どころか目も口も無い魔物だった。

生物として成立してるのが凄いな、これ。

何を、どう認識して俺達を襲って来てるんだ？

とにかく植物魔物共々、動きが鈍く、今の俺でも倒す事が可能なレベルだ。

ただし、倒した際の体液？　で剣や服がべたついた。当然の如く、前衛を務めている俺だけが被害を受ける。

……臭いワケでもないから良いけどさぁ。

野営を前提にした冒険者は、服などの汚れはどうしているのだろうか？

水魔法かな？　早く魔法を覚えたいものだ。

意外に、でもなく、魔物退治にさして抵抗は無い。

……勇者として召喚される人間は、メンタルが破綻している可能性ってあるだろうか？

つまり、魔物退治や、盗賊団狩りといった行為に当たったって、実際のところは心の内では抵抗を感じていない人間こそが勇者として召喚されると。

なにせ、魔王が何者かは不明だが、そういう存在を殺す為に呼ばれた存在だ。

虫も殺せぬような、か弱い子供とか呼んでも仕方ないだろう。

そういう意味では自衛隊とかは逆に不適格かもしれないな。

戦闘に対する抵抗がなくとも、嬉々として人を殺すようなイメージは彼らには無い。どちからと言えば災害救助とか、日々の訓練といった守る系男子のイメージだ。

魔物といえども殺戮して回るばかりの異世界召喚を経験して、日常に帰っていくには厳しそうな職業だろう。

ただのオタク系の人種こそが、異世界にワクワクして適応できる説。

三種類目の魔物は、カエル型の魔物だった。

小さな犬サイズもある、でかいカエルの魔物。

ちゃんと焼いて食べると美味いらしい。

初めての生物系だが……まだ倒して抵抗のある生物ではないな。

こちらとしても食材感が強い魔物であり、また強いイメージも無い。狩りやすいタイプだ。

……初期マップ扱いで、この辺りの魔物が弱いとかあるかな？　どうなんだ？

だいたい、この三種類の魔物しか近辺には出ないらしいな。

雑魚っぽい、これらの魔物を倒しに倒した。とはいえ量は程々だ。初仕事にしては上出来じゃないかな。

【レベリング】の内容は多岐にわたり『サイドステップ』『バックステップ』といったステップ系もあるようだ。

戦闘勘とかは無いが……敏捷系を地道に積み重ねていけば、対応力は段違いになるな。

やっぱり、勇者は魔物を倒して強くなるものか。

あながち王女の言葉も間違っていないらしい。

戦闘の組み立ては、必殺技？　を【完全カウンター】と見据えて、防御主体を意識した。

カウンターは、剣などで攻撃を受けても発動するようだ。

これは助かった。いくらなんでも毎回痛い思いをしたくない。

しかし王女はスキルロックを解かないいな。

『頑張ってください』じゃねぇ。

スキル解放は、お前のタイミング次第だろ。

まさか魔物を百匹ぐらい倒したらスキルを解放してやろうかしら、とか大雑把に思ってないだろうな。

やがて、日が暮れ始め、俺達は宿に戻る事になった。

騎士団長が付いていたとはいえ、王女がこうして森に引き篭もっていても大丈夫だったのだろうか？

城下町近くなのだから王城に戻れば良いのに。

先々を考えると、そういった事は言ってられないか？

魔王退治の旅へ行くなら、いずれ経験する事かもしれない。

……魔王退治って、少数で行く意味はあるのか？

軍隊を率いていけば……食料問題とか、いろんな別の問題が生じて詰むか。

そもそも勇者は、本来であれば兵器級の人間である。

ならば、その運用を主軸に他はサポートという少数精鋭がベターな布陣かな。

この先に勇者が、どういったスキルを手にするかは分からない。

王女は魔術師をパーティーメンバーに加えたいようだが……。

治療系の人は居るんだろうか？　王女は治療魔法とか覚えてるのかな。

◇◆◇

「件の盗賊団ですが、街道を越え、二つ程先にある街の近くを根城にしているようですね。

たしかに、ここまで王侯騎士団を動かすのは問題があったかもしれません」

「そう」

本来の任務は王城、及び城下町の警備らしいしなぁ。

白狼騎士団とやらが動かないのは……何かあるんだろうか？

盗賊団自体が、割とポピュラーな存在であり、毎回相手にしていられないとか。

被害者が多くなり、一番、金になる時期を見て盗賊団狩りをしよう、とかあったりするのかな？

「勇者様の動きは悪くねぇな。やはり勇者様といったところか」

「それはどうも」

やはり【レベリング】の影響はデカいらしいな。

とはいえ、この手の能力補正って、だんだん伸び辛くなるのはテンプレだろう。

この先の不安は拭えないな。

「しかし、盗賊団の退治を単独で、となると……どうかね」

「勇者なのですから……できるでしょう？　【レベリング】で鍛えていけば問題ありませんよ。ただ、奪い返したい荷物が、そこにまだある内に動きたい……というのであれば、時間との勝負でもありますね。いつまでも時間を掛けてレベリングというワケにも行きませんから」

そう、時間があるとは限らない。

盗賊団だってコレクションだけが目的で魔石を奪ったワケではなかろう。

どこかで売り捌く為にこそ、商人を襲った筈である。

ならば、いつまでも大事な魔石を溜め込んではいまい。

「……とにかく今日は魔物狩りをこなして、お疲れでしょう。ワタクシも疲れてしまいましたわ。勇者様も今夜は、お休みになった方が良いですわ」

「まぁ、そうしましょうか」

「ええ、じゃ、ま。続きの話は明日の朝にでもしますかねぇ」

【レベリング】は地道に俺を強化してくれているが、しかし今すぐ強い敵を倒せる程ではない。

そこら辺、アリシア王女はどう考えているのだろうかね。

というか、一日頑張っても新スキル解放の気配ナシ、か。

……やっぱり俺の方からも裏アプローチをすべきなんだろうな、コレ。

14話　因果応報の呪い

初めての魔物狩りを終え、王女達とパーティー解散した後、あてがわれた宿の部屋へと移動する。

けっこう疲れたな……。当たり前か。初めてのガチ戦闘だったんだしな。

でも割と手応えはあったと思う。【レベリング】に魔物戦。まさにテンプレな展開だったよな。

俺も少しは動けるし、戦えるようになったんじゃないか？　……まぁ勇者を名乗っていい程じゃないとは思うが。

とにかく風呂だ、風呂。王女を泊められる宿として上等な宿を取っていたのか、個室内には風呂が用意されていた。

「……この水やお湯の元って水道管じゃない、よな？」

魔道具なのだろう。どうやって作るんだろうな、このお風呂とか水周り。異世界文化だな。

とはいえ排水とか、そこら辺の概念は全世界共通か？　浄水装置要らずの水が出る感じ。そうすると際限なく地上に水が増え続けるんじゃ？　大自然を前には誤差の範囲なんだろうか？

科学的な正しさと魔術的な正しさを検証するには、両方の知識が俺には足りないな。魔法だけじゃなくて科学の方もダメです。はい。


「アリシア王女もお風呂に入ってるのかな？」

前線でスライムを切ってた俺程、身体はベタ付いていないだろうが。

スライムって何処から湧いて来るんだろうな？　植物系のトレントや、動物系のカエルが森に出て来るのは、分からなくはないんだけど。

「お？」

転送術の監視機能を使うと、宿の個室のお風呂で、アリシアも入浴準備を進めていた。眼福だ！

「とりあえず今、騎士団長を観るのは止めておこう」

見たくないものが映る気がする。

王女が入浴している時に護衛を付けなくて大丈夫か？　とは思うんだが確認はしないで

おこう。

とはいえ、この宿って、割とセキュリティ面が上等な方なのかな？　鍵とか、しっかりしてる印象だったし。王城が近いしな。高級ホテル枠？　部屋は綺麗だし。

「はぁ……」

アリシア王女の入浴を盗撮しながら、俺もゆっくりと風呂へ入る。

……昨日から俺とアリシアは、正式に恋人関係なんだよな。本番はお預けとはいえ、一緒にお風呂ぐらい入っても良いのでは？　まだ早いか。

しかし、まさかまさかの関係に突入だ。

内心？　思惑？　ハハ。何の事かな？

「夜這いでも掛けに行こうかな」

俺の彼女となった一国の王女。ふむ。ふーむ。夜這い。夜這いか。

新しいスキルの解放がいつになるか分からない現状。

「……試してみるか」

王城に居た時よりは言い訳が成立し易くなったしな！　だって正式な恋人同士だし！

今のままで盗賊団狩りに放り込まれるのは、流石に死活問題だし！

◇◆◇

異世界召喚から、八日が過ぎ、九日目に変わったぐらいの早い、深夜の時間。

俺は入浴を済ませた後、ベッドで横になって仮眠に入った。疲れていた分もあったのか深く眠れて、その代わりにじゃあないが早めに起きた。

よし、目は覚めたぞ。いや、まだ寝れる気がするけど。

とにかくアリシア王女と騎士団長の姿を確認。

「すぅ……、すぅ……」

普通に二人共、部屋で就寝中だな。えっと、騎士団長の部屋が宿の廊下の入り口付近。

アリシアは最奥の部屋。俺は中間って感じの配置だ。

最奥が安全なのだろうけど、火事とかあったら逆に危ないんじゃ？　非常口はあるのかな？

とりあえず、そんな事よりも王女様……否、正式彼女！　への悪戯を優先だ。

イヤ、スキル目的ナノデ、下心ハアリマセンヨ？

「すぅ……すぅ……」

アリシアとは直接触れて、その身体を果てさせる関係にまで進んだ。

今回は、その路線を強化していく方針で行くか。

とはいえ、夜這いを掛けようにも王女の部屋にも鍵が掛かっている。

……今回は寝たままにするのではなく、逆に〝起こす〟のはどうだろう？

今までの装備効果で、ある程度の『感情干渉』そして肉体への発情強制までは可能だと分かっている。

それから半覚醒の無意識に連動した手足の操作も出来たよな。

おそらく睡眠の強制も出来ていた。……これらを組み合わせて、やってみるか。


【装備指定】
◇微睡《まどろ》みの髪飾り
・装備者を穏やかに眠らせつつ、自然と夢を見る状態へ移行する。
・微睡みの中で受け入れた行為は、心の底からの充足感を覚える効果。
・ランクA
◇微睡みのリボン服
・現在、着ている衣服の上から身体全体を飾るように巻きつくリボン型のサポート服装備。
・力の入らないアリシアの身体を支えて、微睡みのまま立ち上がったり歩かせることが可能。
・アリシアの意識が完全に覚醒すると霧散し、消える。
・ランクB

……で、他にも細かく指定していく。

モコモコのイヤマフラーみたいなものも欲しいかな？

外界からの音声をシャットアウトで、完全な意識の覚醒を避ける。

まずは深く眠っている状態から、違和感を感じさせないように、ゆるやかに夢を見る状態へ移行。

精神に負担を掛けないアイデアは……あれだな。

昼間の俺の愛撫までの記憶を正確に、王女の身体と脳内で再現し、多少なりとも俺を受け入れていた状態へと近付ける。

……各種の装備を取り付けた後、そのまましばらくアリシア王女の様子を見守った。

「んっ……はぁ、ん……」

寝ている王女は、だんだんと汗をかき始め、頬を紅潮させ始める。

「よし」

ここまでは、いつも通りだな。あとはアレか。

直接的にロック解除の精神誘導は出来なかったから……今のアリシアが、心の底からは拒否らない範囲の思考を誘導させる。

大事なのは、俺への拒絶心の中和だから……うん。

◇微睡みの首輪とリボン
・立ち上がった時のアリシアの頭を支えて呼吸をサポートする。
・アリシア王女が『その内心で、指定された行為が嫌でなければ』夢見心地のまま、起き上がって勇者の元へ夜這いに来て、同衾と昼間と同様の愛撫を求める効果。
・『内心で行為を拒絶しているならば』そのまま、ゆっくりと再び眠りに戻る効果。
・ランクB

とまぁ、こんな感じで。転送先は、ひとまず定番の気付かれない家屋内で良いか。

……日本の様子も気になるんだけどな。

二兎を追う者は一兎をも得ず。

今回は、とにかくアリシア王女と結んだ恋人関係を補強していこう。

この精神に反映した条件分岐と、微睡み状態での肉体操作が可能なら日本での遠隔操作の幅も広がる。テストプレイという奴だ。

よし、転送術を再び発動！

◇◆◇

「ん……」


また、しばらくアリシアの様子を見守る。

無意識下の行動は短い方が良いよな。

現在、宿の廊下に人の気配は無いが、夢遊病状態のアリシアは人前に晒せまい。

騎士団長が起きて来たら嫌だし。

俺は自室を出て、アリシア王女の部屋の前付近へと移動しておいた。

バッチリ目が覚めたので元気も元気だ。

……騎士団長、起きないよな？　気配がした！　とか言ってさ。ドキドキものだ。これが夜這いする気持ち！

「は……ぁ……」

お？　監視画面の向こうで王女が目を開いた。しかし顔はトロンとした表情のままである。

「あっ……」

寝てるか起きてるかの状態で、発情させられた身体。更に昼間のリフレイン。どうなる？

「…………」

お！　アリシア王女が、ゆっくりと魔道具に支えられながらもベッドから起き上がり始めた！　という事は？

王女は、ゆっくりゆっくり、フラフラと歩いてドアの前に立ち、そして鍵を開け、宿の部屋のドアを開いた。

「あ……」

微睡みのアリシア王女が、廊下で待っていた俺を見つける。

「王女様？」

「………」

素知らぬフリをして、その様子を眺める。……んー。地味にゾンビみたいに感じるな。半分寝たまま無理矢理に立たされて歩かされているからか。

流石に身体に負担が掛かりそう。直接支えるか。

「王女様？　平気ですか？」

「ん……勇者、様……」

フラフラする王女に近寄り、その身体を支えようとする。と、王女は俺に寄り掛かって来た？

おお、柔らかいし、いい匂いがするな。

「勇者、様……ワタクシ……」

「はい」

「……身体が火照って……」

「そうですか」

ふむ。条件分岐を満たした？　行為自体は嫌じゃなかったって事でいいか？　まぁ、昂ぶっていた所を満足出来たワケだし、プロフィールに書かれた文の性癖とも噛み合う行為だったもんな。

「では、部屋に入らせていただきますね」

「………」

返事が無いけど、そのまま王女の部屋にリターン！　微睡みの王女の肩を抱きながら進んで、ベッドの縁に二人して腰掛けた。

「アリシア様」

「んっ……」

抵抗の無いアリシア王女の顎に手を掛け、そして昼間したようにキスをした。優しく、優しくな。

「ちゅ……」

キスをしながら、その華奢だけれど肉感的な身体を抱き寄せ、撫でる。

「んっ……はぁ」

キスから唇を離すと涎が二人の間で糸を引いた。可愛いなぁ、アリシア王女。

これが黙っていれば可愛いというジャンルか？

「昼間のようにすれば良いのですね？　交わるまではせず？」

「……ええ。ワタクシを……慰めて……」

「喜んで」

ここまで接近出来たら本番まで持ち込めそうだけど、それは流石に意識が覚醒してしまうだろう。

すると心も完全に拒絶だ。

なので、このまま夢見心地で気持ち良さを味わい続けて貰うとする。

今の内に他の装備品とか……いや、余計な事は今はしない方がいいか。

とにかくアリシアとの関係を作る事を優先。

まだ行ける、まだ行ける、という部分を綱渡りしていく。

完全な催眠とかじゃないのが怖くてドキドキだ。

「アリシア様」

「あっ……」

じっくりと、俺は王女の身体を撫で回す。

今の内にアリシア王女の性感帯まで把握しておくか。

「あっ、ふっ、ぁん……そこ……あっ」

ピクピクと、王女の身体は反応する。感度は元から良いのかな？　健康的な身体付きだし。

「アリシア様。俺は勇者で、異世界人ですよ？　こんな行為をされて嫌じゃないんですか？」

「ふっ、ふっ、ふぅ……ぁっ」

俺は王女のクリトリスを下着越しに、本当に優しく撫でながら、そう質問する。

これでハッと意識が覚醒して『ケダモノっ！』とか言われてビンタされたりして。

「あっ……気持ちいい、ですの……だから続けて……」

おお？　快楽優先か？　まぁ、今、理性が寝てるみたいなもんだしな。じゃあ遠慮なく。

「あっ、あっ、あっ……激し、もっと、激しく……強く抱き締めて……」

半分寝てる癖に要望が多いな。だが、ご希望に沿うとしよう。半分無意識だからこそ本音に近い要望かもしれない。

「あっ、気持ちいい……あっ、ワタクシ、んっ、もうっ……」

お？　果てそうなのか？　俺は、より強めにアリシア王女を愛撫していく。もう王女の下着は完全に湿っていた。

「んっ、あっ、んっ、あっ、だめっ……、だめっ……あっ！　イっ……ク……！」

ビクン！　と微睡みの王女が腰を突き出し、快楽に震えた。

「あっ、勇者、様の指、凄い……気持ち、いい、ですの……」

おお……。無意識なせいで素直だな、おい。可愛い。起きてる時もそれぐらいであって

くれ、王女。

　そう思った時だ。

――【王女の心の鍵】を一時的に解放しました。

――第六スキル【因果応報の呪い】を解放。


「っ!?」

「はぁ、はぁん……」

　新しいスキルの解放だ！　あれ、第六スキル？　第五が飛ばされてるぞ！　それに呪いって……。

「アリシア様」

「はぁ、はぁ……」

　絶頂を迎えたアリシアは、そのまま、脱力してしまう。

　半覚醒では、これ以上の無理はさせられないか。

　とにかく収穫は得た。俺としては文句はない。

「あっ……気持ち良かった……ですわ……」

「それは良かった」

じゃあ、良い気持ちのまま寝かせてやろう。

しかし、昼間の行為や遠隔行為と、今夜の夜這い。何が違うんだろうな？

……ベッドに侵入された事？　直接触れられてイカされる事に慣れたから？　うーん。

「はぁ、ん……」

俺の指で感じ、果て、心まで開いた女が余韻に浸りながら色めいた吐息を漏らしている。

目の前で。無防備に。

……いかんな。俺の方が限界だ。このまま本番に至ってしまう前に、そしてバレる前に退散し、自室で発散するとしよう。

イヤー、今代ノ勇者ハ紳士デスネ！

◇◆◇

部屋に戻った俺は、ひとまず賢者モードになりつつも新たに解放されたスキルのステータスを確認する事にした。

◆第六スキル【因果応報の呪い】
◇効果一【人物紹介】への影響
『対象の、その世界・地域のルール、又は道徳・倫理的に「清算されていない罪・悪行」を文章化し、詳細を羅列し、視認可能にする効果を付与する』
◇効果二【完全カウンター】への影響
『攻撃ではない〝呪い〟に該当する現象も全て反射する事が出来るようになる【呪い返し】の効果を付与する』
◇効果三【異世界転送術】への影響
『転送時の装備・持ち物・場所指定で設定できる項目について、〝因果応報である〟というルールに基づいたものであれば、より強力な装備・持ち物に変更でき、また場所も指定できるようになる』
◇効果四　因果応報の呪い
『過去に対象が殺した死者の魂を呼び出し、その死者の魂の感情をエネルギーとして、対象にダメージ・苦痛・状態異常を与え続ける事が出来る〝呪い〟。死者の魂の感情を昇華した結果、その魂を浄化する事も可能』
◇効果五　デメリット

『効果三、四において〝因果応報である〟という事態を超え、対象に負荷を掛け過ぎた場合、超過した分が〝呪い〟としてスキル使用者に返される効果』


……効果、多っ！

把握するのが大変だぞ！　えっと、効果は全部で五つ。
一、二、三は、これまでのスキルへの強化効果？
それぞれのスキルが補填されているな。

因果応報である場合、転送術の装備や持ち物の強化？

……って事は、やっぱり転送術で出て来る装備って、効果こそ万能であれ強力な魔道具とは言えないのか。

魔法耐性とかで跳ね返されたら大問題だな。

それに場所指定もなんか制限解除されてる？

試してなかったけど、もしかして危険な場所……『溶岩の上』だとか『深海』『上空三千m』だとかって、指定できなかったのかもしれない。

基本的には、本来の目的が転送であるべきだしな。

それ自体で死んでしまうような場所指定はロックがされていたのかもしれない。

で、本命の効果が四番目。不吉な数字という奴か？

対象が殺した死者の魂の感情をエネルギーに……、これは……アレだ。

【即死魔法】なんていう、死を撒き散らすしかないだろう力を持つ魔王に対して、抜群に相性が良い。

つまり、魔王特攻のスリップダメージ付与スキル！

魔王メタじゃないか！

しかも【完全カウンター】が強化されている。

そういうのもある、という事はだ。

騎士団長との一戦で使用した【完全カウンター】の仕様の懸念が理解できた。

攻撃を受ける→痛いと感じる→その全てを闘気に変える→カウンターを発動する→結果、痛みなどもなくなる。

この流れで気になった事が解消される。

『痛いと感じる』のフェーズで『敵の攻撃が【即死魔法】であった場合』。

……その時点で俺は死んでいる筈だと思ったのだ。

だが【完全カウンター】には上があった！

おいこれ、魔王と戦うに当たって、絶対に全スキルの解放が必須な仕様だろうが！

王女ォ……。

しかし、この第六スキル、デメリットまである。因果応報である事態を超える、とは？

……仮に誰かに何かされた、或いは誰かが何かをされたにしても、やり返し過ぎると、アウトになるって事か？　人を呪わば穴二つ？

無双とは程遠いな、毎回。

やはり勇者は魔王を倒す為だけに呼ばれているのか？

……何はともあれ。

「すぅ……、んっ、すぅ……」

アリシア王女との関係は、これからも進めていかないといけないな。

エピローグ　～ハジマリノ前～

日本。某日。

『篠原《しのはら》シンタ』が異世界でアリシア王女の前に現れる前。

彼は、その日、一つ下の妹と一緒に学校への道を歩いていた。

「お兄ちゃんさー。高校で彼女とか出来た？」

「……出来てない」

妹の唐突な質問にシンタは苦虫を嚙み潰したような顔で答える。

「良かったー！　先越されたかと思ったよ、私！」

「つまり〝ありす〟も彼氏は出来てないんだな？」

兄としては妹に先を越されたくないな、とシンタは何となく思う。

「私ならすぐに出来るしー！　高校入ったら彼氏作るって決めてたからね！　お兄ちゃんは？　クラスに可愛い子とか居ないの？」

「んー。可愛い子は居るかも」

「気になる子には声掛けて行きなよねー」

大きなお世話だ、と思いながらも二人は同じ高校への道をのんびりと歩いて行く。

「ありすは？　高校に入って気になる男は出来た？　俺と同じ学年だったら声ぐらい掛けてやれるぞ」

シンタの妹である『篠原ありす』は、兄の目から見ても整った容姿をしていると評価が出来た。

少し焦げ茶色掛かった髪の毛は染めているワケではなく元々の地毛。

手入れは欠かしていないのか、色艶も良い。

化粧……をしているのかはシンタは把握していないが、妹のありすが、そういった朝の準備で苦労している印象はなく、今日もこうして通学時間が合う程だ。

「気になる男子かー。んー……。同学年は、なんか、まだまだ中学生って感じ？」

「上から目線だな。ありすも中学生を終えたばかりじゃないか」

「そんな事言ってると成長できないよー、お兄ちゃん。日々変わろう、高校生になろう、大人になろう、って考えから人は変わっていくんだから」

何を達観した事を。そう思うが、心の成長は女子の方が早く、また同年代の男子なんて小・中学生と変わらない。

そう聞けば『たしかに』と思わなくもない。

自分がそうだと言われたら、まぁそうだろうなと思うほどだ。

「そんな事を言って理想ばかり高いと良い経験が積めなくなるぞ」

「お兄ちゃんがそれ言うー？」

通学路を歩きながら兄妹の何気ない会話が続いていく。

「お兄ちゃんの理想とかあるの？」

「いやー、別に。可愛ければ……？」

「顔からとか」

「何だよ、ありすは心からか？　ありすの理想……好みの男ってどんな奴？」

「えー？　そうだなー。とりあえずイケメンでー」

「ありすも顔からじゃないか」

「あはは。とりあえず格好良くて……まっすぐな感じ？　一生懸命に人の為に頑張れる人がいいかなー」

「何だよ、俺か」

「え、キモい」

「急にマジな顔になるのやめて……」

だんだんと二人が通う校舎は近付いて来て。

少し先を歩いていた妹のありすが、くるりと振り返り、シンタに笑い掛けた。

「あと、めちゃくちゃ私の事好き好きーってなる人！」

「どんなだよ……」

「えー、私と別れたりしても、めちゃくちゃ引き摺るの。十年は引き摺って他の女の人とか考えられない感じ」

「重たっ！　そして怖っ！　それを好みとして挙げるか!?」

「重いかなー。じゃあ、ある程度の浮気は許すよ」

そこは許しちゃダメだろう、とシンタは内心で思い、ありすの言葉に呆れる。

「私達、二人とも好きな人が出来てー、恋人が出来てー。それから結婚とか将来の事とか考えるようになってー。そういうのって、なんか良いよねー」

「大人っぽさ通り越して年寄りじみてないか、それ？」

「えー？　そうかなー。普通の幸せって奴だと思うけどなー。そういう何気ない日常、噛み締めてこうよ。高校生なんてすぐ終わっちゃうらしいよ？」

「やっぱ考え方が年寄りじゃん」

「なによー」

何の変哲もない、ただの高校生の二人。

やがて通学路で何人も同じ制服を着た生徒達と合流し始める。

そんな中に、ありすは友人達の姿を見つけた。

「あ、私、友達見つけたから向こう行くね、お兄ちゃん」

「ああ」

また振り返り際に微笑みながら篠原ありすは友人のもとへと駆け出して行った。

「よー、篠原。おはよ」

「お。おはよー」

そうしてシンタの方も友人に見つけられたらしく、後ろから挨拶が飛んでくる。

「あの子、何？　彼女？」

「違うって、妹だよ」

「マジ？　可愛いじゃん。紹介してくれよ」

「えー……ないわー」

「いいじゃんかよー。なんか仲良さそうだったからさー、邪魔しないように話し掛けるの待ってた友人の気遣いを無下にするなよな、篠原！」

別に邪魔にもならないだろう。現に妹だって友人を見つけて離れていったのだし。

シンタはそう思って呆れた。

「まー、兄妹仲は、わりと良い方か」

「可愛い妹と朝に一緒に登校とかたまんねーだろ?」

「いや、相手、妹だし。家族だぞ……」

彼女ならば、そういう気持ちも分かるけれど。

「とりあえず、あいつは別れても十年は引き摺ってくれる人がタイプだって。あとイケメンな」

「重たっ。なんで別れた後に引き摺らないといけないんだよ!」

「うん。やっぱり重いよな」

こうして篠原シンタは、いつものように、当たり前の日常を歩いていくのだった。

◇◆◇

「ありす、さっきのあれ彼氏ー?」

「えー? ただのお兄ちゃんだよ」

「そうなんだ。仲良さそうだったねー」

「んー」

悪い兄ではない。自分には優しいし。

とはいえ、普通の関係程度だろう。

別に、お兄ちゃんと結婚するーなんて恋情は持ち合わせていないが、そこには普通の家族愛、兄妹愛ぐらいはある。

「普通かなー」

と、ありすは何気なく空を見上げた。

「あれ？」

何だろう？　先程まで晴れていた空が曇っている？　というよりも、空に何か影が見えるような気がして、ありすは訝しむ。

「どうしたの、ありす？」

「……ううん。気のせい」

少し気になった景色は、瞬きを繰り返す内に消え失せてしまった。

「アリスって可愛いのに、中学校の時は誰と付き合ったとかもなかったからさ。お兄さんが居るなら実はブラコンだったとか？」

「そんなんじゃないって。私達は普通の兄妹！　そりゃ、突然に居なくなったりしたら寂しいとか思うかもだけど。それも普通の事じゃない？」

同じく兄を持つありすの友人は、自分が兄に抱く感情とは違うな、と返す。

「そう？　普通に休みの日に一緒に遊ぶ……買い物とか。それぐらいはしても平気かな」

「えー？」

（ああ、そう言えば）

高校生になったら、数駅先にあるテーマパークの年間フリーパスを買って、兄妹でやがて出来るだろう恋人とするデートの為の下見に行こう、なんて約束していたのを思い出した。

（あの約束、お兄ちゃんは覚えてるかな？）

流石にテーマパークで二人で遊んでいたら、ブラコン疑惑を否定し切れないかもしれないな、なんて篠原ありすは考えていた。

（今日、家に帰ったらお兄ちゃんに言おう、っと）

――篠原ありすは、やがて訪れる運命をまだ何も知らなかった。

書き下ろしSS　～王女アリシアの『夢』～

――ワタクシは、これからバケモノをこの世界に召喚しますわ。

千年も前から、このクスラ王国で行われてきた【勇者召喚】の儀式。

ワタクシ……アリシア＝フェルト＝クスラは、この儀式を行う為、日々を費やしてきました。

「アリシア。貴方が異世界より招く者は、厳重に管理しなければなりません」

「承知しておりますわ、先生」

……召喚儀式の為の教育を、ワタクシは幼い頃より受けてきましたわ。

儀式に関わる講師であった、王家の血縁であるという女の顔を……ワタクシは、まともに見た事もありませんでした。

王女であるワタクシに対して不敬という配慮があるのか。

そもそも【勇者召喚】の儀式は、我がクスラ王国の王族にのみ伝えられてきた特別な儀式。

謂わば国益に関わる技術。

ですので、その講師の姿もおいそれと世間には出せないのでしょう。

いつも黒い布を頭から被り、ワタクシには素顔など見せた事がありませんでした。

ただ、声からすると若い女であるというのは分かりましたわ。それにどことなくソフィアお姉様とも声が似ているので、王族に連なる者なのは間違いないのでしょう。

「……ソフィアお姉様」

王城でのワタクシは、第二王女という立場だけでなく【勇者召喚】の儀式を行う者、という立場が強くありました。

召喚儀式は、この身を楔とし、異世界から異物を招く儀式。

それ故にワタクシに施される教育は、ソフィアお姉様とは異なるものでした。

……その日々に不満がなかったと言えば嘘になりますわ。

すぐ隣にソフィアお姉様という比較できる人が居たのですもの。

黒頭巾の講師から、口うるさく伝えられる勇者という存在の危険性。それらの生活が苦で、涙を我慢した日も幼き日々にはありましたわ。

父は、国王故にワタクシを溺愛することはなく。

母は、ワタクシの教育を黒頭巾の講師にほぼ委ねるような女でした。

ソフィアお姉様にばかり愛情を注いでいるようにも感じた時もありましたわね……。

ですけれどソフィアお姉様は、そんなワタクシに優しくしてくださいました。

「アリシア。……私が、貴方の運命を代わりに背負ってあげたいのだけれど」

ソフィアお姉様は、そんな事を言います。

「いいえ、お姉様。これはワタクシの使命ですわ」

幼き頃より教えられた言葉を繰り返すようにワタクシは応えました。

「でも……【勇者召喚】を行う者は、勇者と共に魔王の討伐へと赴かなければなりません。

……その意思を持つ者でないと、適性のある勇者を呼べないのです」

「ええ。存じておりますわ、お姉様」

「……そんな危険な旅を、本当は貴方にさせたくないのよ、アリシア。貴方の事を愛しているから」

「お姉様……」

ワタクシは、きっと両親よりもソフィアお姉様にこそ愛情を受け、育ってきたのだと思いますわ。

それでも、お父様もお母様もワタクシ達も王族の身。

そんな関係も仕方のない事だと、大きくなるにつれ割り切るようになっていきました。

◇◆◇

「……ソフィア様は、今日も亜人の村の視察か」

「まったく。王国の伝統を何だと思っていらっしゃるのか」

「獣国への友好を示す為なんだろう？　何でも現地の亜人にまで入れ込んでいるとか。はっ……！」

ソフィアお姉様は、このところよく亜人の村を訪れるようになりました。

クスラ王国、特に王城の中では、亜人や獣人に対する印象は最悪。その事は、お姉様だって知っている筈なのですけれど。

「それもこれも、あの獣国のシンラ王子のせいですわね」

……ソフィアお姉様もワタクシも、それぞれにやるべき事がありますわ。

それでも。獣国の、汚らわしい獣人が、ソフィアお姉様と良い仲になっていく事がワタクシは気に入りませんでした。

「そう、汚らわしい」

「……ええ、アリシア。呼び出した異世界人は、かつて我が国を好き放題にし、暴れたのです。魔王討伐の責任すら放棄する者。女ばかりを追い求める者。……果ては【魔王に堕ちた勇者】まで居ました。異世界人とは信用してはならない者達です」

「魔王に……」

そのように、汚らわしいバケモノを召喚する為……ワタクシは生きてきたのでしょうか？

◇
◆
◇

「……始めますわ」

とうとう、その日だというのに黒頭巾の女は王城には姿を現しませんでした。

ワタクシ、あの女がどうにも好きになれませんので別に良いのですけれど。

「――〝世界〟と空間を越え、我はここに召喚せり。我が呼ぶのは『魔王を倒す者』なりや――」

ワタクシが生きてきた意味。それは、これから呼び出すバケモノの為？　いいえ、違いますわ。

……ワタクシは。

「――望むは約定に沿った者。縁を繋ぐは、この我が身。捧ぐは大いなる魔の力。さすれば門は開かれよう――」

繋がりを感じる。バケモノとの繋がりを。

百年周期で執り行われる【勇者召喚】の儀式。

どうやらワタクシも百年前の召喚者・ミスティ＝フェルト＝クスラのように上手く異世界人を招く事が出来そうですわね。

「――【勇者召喚】。遥か彼方より現れたまえ、勇者よ――」

ワタクシは、これから呼び出す勇者と名前の付いたバケモノを完全に御し、魔王を討ち、そして。

「……えっ!?」

……この異世界人が魔王に堕ちた時。

他ならぬ、このワタクシが討つ。

そう。その為にこそ、きっとワタクシは生きて来たのですわ！

「ようこそ、来てくださいました、勇者様――」

ワタクシが起こした魔法陣の光より現れた男は……大層頼りなく見えましたわ。

◇◆◇

「……で、アレは大人しくしているの？」

「はい。現在、用意された部屋で過ごしています。特に兵士にも侍女にも接触せず、ただ部屋で過ごしている様子ですね」

王侯騎士団のルイードを部屋に招き、呼び出した異世界人について話し合います。

「ケダモノと何ヶ月も共に行く旅だなんて想像するだけで反吐《へど》が出るけど……。せいぜい、ワタクシの手の平の上で踊っていただきますわ。そして、魔王を倒した暁には……」

このワタクシが、あの男を討ちますのよ！　ふふふ。そう考えると今からゾクゾクして来ましたわ！　どうしてあげましょう？　いずれ魔王に堕ちる者。

かつての王家を苦しめた異世界人。虐めてあげれば、さぞかし良い苦悶を見せてくれるに違いありませんわね！

「では、お父様。明日より、ルイードと共に勇者の運用。このアリシアが請け負いますわ」

「うむ。任せたぞ、我が娘よ」

国王の私室で、改めてお父様に報告を済ませ、ようやく今日の仕事を終えましたわ。

「……長かったですわね」

ワタクシが生まれてから今日まで。ようやく一つの目標を達成出来ました。

傍にはもうお優しかったソフィアお姉様の姿もなく。

召喚講師であった黒頭巾の女すら居ない。

「あとは、アレを懐柔し、聖女を取り込みますのよ」

聖国の聖女をワタクシの味方に付ければ、獣国との和平を結んだソフィアお姉様とは別の形でワタクシの立場も強固になるでしょう。

……聖女も可哀想な女ですもの。ワタクシとは違いますが、その一生をバケモノに捧げられる生贄の女。

ワタクシならば、そのおぞましき宿命も取り払って差し上げられますわね。

「これから、ようやくワタクシの人生が始まるのですわ」

まずは、あの異世界人を……どう騙し、そして不幸へと追いやってやるかですわね！

秘策はありますわ。王国が改良を重ね、先代召喚者であるミスティの代で完成ともいえるものとなった【勇者召喚】の儀式。

ワタクシは、それに更に改良を加えたのですわ。

力に溺れ、横暴で傲慢な態度を見せるであろう異世界人への、これ以上は無い抑止力。

バケモノでケダモノである勇者への、カウンター。

「ふふふ。楽しみですわ」

ワタクシは、疲労と高揚に塗れつつも、私室で休む事に致しました。

◇◆◇

「……？　これは？」

なんだか身体が思うように動きませんわ。

ワタクシは一体どうしたのかしら。

昨日、あの異世界人を呼び出して。なのに、召喚の代償が発生するなんて事が、ワタクシのステータスに表示されて。

「それで、それで？」

特に何も掴めないまま、その日を過ごして。

『――アリシア』

……!?　勇者!?

気付くとワタクシは、何故か勇者に接近されていました。

「な、なんですの!?」

驚くワタクシの身体に勇者の腕がまとわりついてきます。

ワタクシは抵抗しようとして……なのに身体が動かない……!?

「くっ……！　きゃっ!?」

あろう事か。勇者は、ワタクシの……恥ずかしい部位に触れてきました。

「なっ、なっ！　離し……なさい！　あっ!?」

誰に触れさせた事も無い、ワタクシの身体。

それを無遠慮に触れて来る勇者。

当然の如く嫌悪に塗れ……。

「んっ!?　あっ……！」

……何故かワタクシは、他の誰よりも触れられたくない勇者の指が、ワタクシの胸の先端と……下腹部の突起に触れる事に……気持ち良さを感じてしまいました。

「そんな筈……ひゃんっ!?」

尚も、その指での刺激がワタクシに悦びを感じさせます。どうしてかしら……堪らなく気持ちいい……!?

「くっ……!?」

顔に熱が上ってくるのが分かりました。絶対に触らせたくない部位が、ワタクシに堪らない気持ち良さを伝えて来て、その快感が背筋を上り、頭の奥にまで響いてくるようです。

「くっ、こ、このような真似を……ワタクシにして赦されると思い……ますの!?」

『アリシア』

「くぅっ……！」

どうして、こんなに気持ちいいんですの……！

ケダモノに襲われているというのに！

ワタクシは、触れられている場所から甘美な悦びを感じてしまっています。

「くっ!?　あ、足を開かないで……！　赦しませんわよ……!?」

『アリシア――』

……何故か、勇者の声が耳元で囁かれる度に、ワタクシの背中をゾクゾクと言い表せない感覚が駆け巡ります。

「えっ、ぁああ!?」

抵抗すらままならないまま。ワタクシは両足を開かされて、そして勇者の男根を中に……迎え入れていました。

「やっ！　抜いてっ！　こんなの、絶対に赦しませんわっ……あっ!?」

痛い！　……と、思う筈でした。だってワタクシは、今日まで男性と交わった事など無いのですから。

なのに、ワタクシのそこを貫いた衝撃は、どこまでも甘美で。

「くっ、あっ、そんな……!?　あっ！　やっ!?」

……凄く、気持ちいい。これが性行為なのかと。これが女の幸せなのかという思考がチラリと浮かびます。

まるで、夢見た事のある、最愛の人に初めて抱かれるその瞬間のように。

ワタクシの身体は、勇者に犯される気持ち良さを覚えていました。

「くっ……！　そんな筈ありませんわ！　あっ！　やめ、激しくしないでくださいましあっ！」

悔しい。何の抵抗も出来ない事が悔しい。

それも他でもない。ワタクシが魔王として討つと決めていた勇者に犯されているのに！

「あっ！　ダメっ、激しっ、激しいの、ダメっ」

悔しい。悔しい悔しい悔しい。

なのに……気持ちいい……！

「くっ！　あんっ、あっ！」

勇者に組み伏せられ、激しく中を刺激される感覚。

なのに、ワタクシの身体に駆け巡るのは、これ以上ない気持ち良さしかない。

「あっ、気持ちいい、あっ、くっ、こんな筈ない……！」

……ワタクシにとって何よりも屈辱の筈なのに、あまりにも堪らない。あまりにも気持ちいい。

……もっと。そう、思ってしまう程に。

「くっ！　くぅ！　ダメですの、激しくするの、気持ちいいから、ダメっ、勇者様……！」

ワタクシは、完全に勇者に支配されてしまっている。

なのに、その事が何よりもワタクシを昂ぶらせてしまっていて……。

この、おぞましい陵辱の筈の行為が……最愛の人と愛し合うように、甘い。

「あっ、だめっ、もうっ、果ててしまいますの……！　本当に、ダメっ……！」

絶対に。

赦されない筈なのに。

ワタクシは……勇者に抱かれて、心の底から……一人の女としての幸せすら感じて。

「あっ、来る！　来ますのっ、やっ、だめっ、こんなの絶対だめですのにっ！　なのに気持ちいいのっ……！　イっ……！　イク！　イキ……ますの！　あっ！」

ワタクシは、勇者を奥底で、気持ち良く迎え入れながら犯されて。

愛しい人を包み込むように、手足をおぞましきケダモノである勇者に絡ませて。

「イク！　イクイク！　イクぅん……っ!!」

全身を、女の悦びに震えさせました。

こんな……こんなのって……。

あまりにも屈辱的で。

なのに、あまりにも気持ち良くて。

「あっ、イクぅ……！」

ゾクゾクと頭の中まで、絶頂の余韻が駆け巡り、……何かワタクシの中の大事な部分を勇者に開いてしまったような感覚を覚えました。

「はん……ぁぁ」

気持ち……良かったと。勇者と繋がりながら、ワタクシは初めての性行為の余韻に沈んでいきました。

◇
◆
◇